南北看

唐魯孫——著

目錄

饞人說饞——閱讀唐魯孫

逯耀東

前些時，去了一趟北京。在那裡住了十天。像過去在大陸行走一樣，既不探幽攬勝，也不學術掛鉤，兩肩擔一口，純粹探訪些真正人民的吃食。所以，在北京穿大街過胡同，確實吃了不少。但我非燕人，過去也沒在北京待過，不知這些吃食的舊時味，而且經過一次天翻地覆以後，又改變了多少，不由想起唐魯孫來。

七〇年代初，臺北文壇突然出了一位新進的老作家。所謂新進，過去從沒聽過他的名號。至於老，他操筆為文時，已經花甲開外了，他就是唐魯孫。民國六十一年《聯副》發表了一篇充滿「京味兒」的〈吃在北京〉，不僅引起老北京的蓴鱸之思，海內外一時傳誦。自此，唐魯孫不僅是位新進的老作家，又是一位多產的作家，從那時開始到他謝世的十餘年間，前後出版了十二冊談故鄉歲時風物，市廛風俗，飲食風尚，並兼談其他軼聞掌故的集子。

這些集子的內容雖然很駁雜，卻以飲食為主，百分之七十以上是談飲食的，唐魯孫對吃有這麼濃厚的興趣，而且又那麼執著，歸根結柢只有一個字，就是饞。他在〈烙盒子〉寫到：「前些時候，讀逯耀東先生談過天興居，於是把我饞人的饞蟲，勾了上來。」梁實秋先生讀了唐魯孫最初結集的《中國吃》，寫文章說：「中國人饞，也許北京人比較起來更饞。」唐魯孫的回應是：「在下忝為中國人，又是土生土長的北京人，可以夠得上饞中之饞了。」而且唐魯孫的親友原本就稱他為饞人。他說：「我的親友是饞人卓相的，後來朋友讀者覺得叫我饞人，有點難以啟齒，於是賜以佳名叫我美食家，其實說白了還是饞人。」其實，美食家和饞人還是有區別的。所謂的美食家自標身價，專挑貴的珍饈美味吃，饞人卻不忌嘴，什麼都吃，而且樣樣都吃得津津有味。唐魯孫是個饞人，饞是他寫作的動力。他寫的一系列談吃的文章，可謂之饞人說饞。

不過，唐魯孫的饞，不是普通的饞，其來有自；唐魯孫是旗人，原姓他他那氏，隸屬鑲紅旗的八旗子弟。曾祖長善，字樂初，官至廣東將軍。長善風雅好文，在廣東任上，曾招文廷式、梁鼎芬伴其二子共讀，後來四人都入翰林。長子志銳，字伯愚，次子志鈞，字仲魯，曾任兵部侍郎，同情康梁變法，戊戌六君常集會其家，慈禧聞之不悅，調派志鈞為伊犁將軍，遠赴新疆，後敕回，辛亥時遇刺。仲魯是唐魯孫的祖父，其名魯孫即緣於此。唐魯孫的曾叔祖父長敘，官至刑部次郎，其二女並選入宮侍光緒，為珍妃、瑾妃。珍、瑾二妃是唐魯孫的族姑祖母。民初，唐魯孫時七八歲，進宮向瑾太妃叩春節，被封為一品官職。唐魯孫的母親是李鶴年之女。李鶴年奉天義州人，道光二十年翰林，官至河南巡撫、河道總督、閩浙總督。

唐魯孫是世澤名門之後，世宦家族飲食服制皆有定規，隨便不得。唐魯孫說他家以蛋炒飯與青椒炒牛肉絲試家廚，合則錄用，且各有所司。小至家常吃的打滷麵也不能馬虎，要滷不瀉湯才算及格，吃麵必須麵一挑起就往嘴裡送，筷子一翻動，滷就瀉了。這是唐魯孫自小培植出的饞嘴的環境。不過，唐魯孫雖家住北京，可是他先世遊宦江浙、兩廣，遠及雲貴、川黔，成了東西南北的人。就飲食方面，嘗遍南甜北鹹，東辣西酸，口味不東不西，不南不北變成雜合菜了。這對唐魯孫這個饞人有個好處，以後吃遍天下都不挑嘴。

唐魯孫的父親過世得早，他十六七歲就要頂門立戶，跟外面交際應酬周旋，觥籌交錯，展開了他走出家門的個人的飲食經驗。唐魯孫二十出頭就出外工作，先武漢後上海，遊宦遍全國。他終於跨出北京城，東西看南北吃了，然其饞更甚於往日。他說他吃過江蘇里下河的鯛魚，松花江的白魚，就是沒有吃過青海的鰉魚。後來終於有一個機會一履斯土。他說：「時屆隆冬數九，地凍天寒，誰都願意在家過個闔家團圓的舒服年，有了這個人棄我取，可遇不可求的機會，自然欣然就道，冒寒西行。」唐魯孫這次「冒寒西行」，不僅吃到青海的鰉魚、烤犛牛肉，還在甘肅蘭州吃了全羊宴，唐魯孫真是為饞走天涯了。

民國三十五年，唐魯孫渡海來臺，初任臺北松山菸廠的廠長，後來又調任屏東菸廠，六十二年退休。退休後覺得無所事事，可以遣有生之涯。終於提筆為文，至於文章寫作的範圍，他說：「寡人有疾，自命好啖。別人也稱我饞人。所以，把以往吃過的旨酒名饌，寫點出來，就足夠自娛娛人的了。」於是饞人說饞就這樣問世了。唐魯孫說饞的文章，他最初的文友後來成為至交的夏元瑜說，唐魯孫以文字形容烹調的味道，「好像老殘遊記山水風光，形容黑妞的大鼓一般。」這是說唐魯孫的饞人談饞，不僅寫出吃的味道，並且以吃的場景，襯托出吃的情趣，這是很難有人能比較的。所以如此，唐魯孫說：「任何事物都講究個純真，自己的舌頭品出來的滋味，再用自己的手寫出來，似乎比捕風捉影寫出來的東西來得真實扼要些。」因此，唐魯孫將自己的飲食經驗真實扼要寫出來，正好填補他所經歷的那個時代，某些飲食資料的真空，成為研究這個時期飲食流變的第一手資料。

尤其臺灣過去半個世紀的飲食資料是一片空白，唐魯孫民國三十五年春天就來到臺灣，他的所見、所聞與所吃，經過饞人說饞的真實扼要的記錄，也可以看出其間飲食的流變。他說他初到臺灣，除了太平町延平北路，幾家穿廊圓拱，瓊室丹房的蓬來閣、新中華、小春園幾家大酒家外，想找個像樣的地方，又沒有酒女侑酒的飯館，可以說是鳳毛麟角，幾乎沒有。三十八年後，各地人士紛紛來臺，首先是廣東菜大行其道，四川菜隨後跟進，陝西泡饃居然也插上一腳，湘南菜鬧騰一陣後，雲南大薄片、湖北珍珠丸子、福建的紅糟海鮮，也都曾熱鬧一時。後來，又想吃膏腴肥濃的檔口菜，於是江浙菜又乘時而起，然後更將目標轉向淮揚菜。於是，金虀玉膾登場獻食，村童山老愛吃的山蔬野味，也紛紛雜陳。可以說集各地飲食之大成、彙南北口味為一爐，這是中國飲食在臺灣的一次混合。

不過，這些外地來的美饌，唐魯孫說吃起來總有似是而非的感覺，經遷徙的影響與材料的取得不同，已非舊時味了。於是饞人隨遇而安，就地取材解饞。唐魯孫在臺灣生活了三十多年，經常南來北往，橫走東西，發現不少臺灣在地的美味與小吃。他非常欣賞臺灣的海鮮，認為臺灣的海鮮集蘇浙閩粵海鮮的大成，而且尤有過之，他就以這些海鮮解饞了。除了海鮮，唐魯孫又尋覓各地的小吃。如四臣湯、碰舍龜、吉仔肉粽、米糕、虱目魚粥、美濃豬腳、臺東旭蝦等等，這些都是臺灣古早小吃，有些現在已經失傳。唐魯孫吃來津津有味，說來頭頭是道。他特別喜愛嘉義的魚翅肉羹與東港的蜂巢蝦仁。對於吃，唐魯孫兼容並蓄，而不獨沽一味。其實要吃，不僅要有好肚量，更要有遼闊的胸襟，不應有本土外來之殊，一視同仁。

唐魯孫寫中國飲食，雖然是饞人說饞，但饞人說饞有時也說出道理來。他說中國幅員廣寬，山川險阻，風土、人物、口味、氣候，有極大的不同，因各地供應飲膳材料不同，也有很大差異，形成不同區域都有自己獨特的口味，所謂南甜、北鹹、東辣、西酸，雖不盡然，但大致不離譜。他說中國菜的分類約可分為三大派系，就是山東、江蘇、廣東。按河流來說則是黃河、長江、珠江三大流域的菜系，這種中國菜的分類方法，基本上和我相似。我講中國歷史的發展與流變，即一城、一河、兩江。一城是長城，一河是黃河，兩江是長江與珠江。中國的歷史自上古與中古，近世與近代，漸漸由北向南過渡，中國飲食的發展與流變也寓其中。

唐魯孫寫饞人說饞，但最初其中還有載不動的鄉愁，但這種鄉愁經時間的沖刷，漸漸淡去。已把他鄉當故鄉，再沒有南北之分，本土與外來之別了。不過，他下筆卻非常謹慎。他說：「自重操筆墨生涯，自己規定一個原則，就是只談飲食遊樂，不及其他。以宦海浮沉了半個世紀，如果臧否時事人物惹些不必要的嚕囌，豈不自找麻煩。」常言道：大隱隱於朝，小隱隱於市。唐魯孫卻隱於飲食之中，隨世間屈伸，雖然他自比饞人，卻是個樂天知命而又自足的人。

一九九九歲末寫於臺北糊塗齋

序

夏元瑜

魯孫先生原是筆友，後來咱倆相見，成了知友。由於年齡、見解、知識、鄉土的關係又進而為摯友。我們全是暮年閒居，沒事做，於是動了筆桿。沒想到一劃拉就是一篇，往郵箱裡一扔，過不了多少天，報上就登出來。日子一久，居然有人稱我們為作家，真是這輩沒想到的事兒。如果說魯孫兄為作家的話，他還不愧為一位多產的作家。兩三年裡寫過二十五六萬字來，並且一個一個的都排成鉛字印在報上。唸了他的文章真令人增加不少知識。

他一生經歷多而複雜，不但士農工商全幹過，更由於出身在貴冑家庭中，環境也和普通人不大一樣，所知既廣，更加以所吃十分淵博。他更有一樁大本事，就是記性特別好，幾十年前的陳年舊事，虧他全記得那麼清楚。例如他那一篇〈談印〉，講了那麼多的人名、官名、歷史演變、典章制度，以及石材、刀法等等，多麼的詳細，其中有許多名詞術語尚無暇解釋，如果一一詳敘就夠寫成一篇博士論文或專冊了。他走馬觀花的說說，平常人就嘆為觀止了。一篇短篇小說蓋出幾千字來毫不困難，而要像唐兄這樣寫出一篇幾千字的短文可得有幾十年的見聞，以及經驗，為了獲得這些經驗更得花多少錢財，古人稱讚好文章為「字字珠璣」，若把這話放在這本書上，我看倒真當得起，他花了無限錢財寫出了這一本豐富的知識，而讀者您只要花不到一張電影票的錢（臺北首輪的）就能完全搬過來，豈不是一大便宜事。

我常常說現在青年只會應考，雜學實在知道得少而又少。您要上了外國，洋人要問你一點中國舊事，閣下是一問三不知。這些零碎的知識你上哪兒找去？固然也有些竹頭木屑的雜書，可惜那些作者並沒身歷其境，胡亂抄湊而已。唐兄的這本可不然，全是他親身所經，要不就是他的可靠相識者當面告訴他的。所以此書和古今許多的雜記全然不同。

寫序的人免不了犯個古今通病，就是捧作者過度，有點失真。我覺得魯孫兄的文章也犯個小毛病，他的語句太北平化了，常把我們的家鄉土話搬出來，有時我看見他的原稿忍不住加個括弧解釋一兩句。紅樓夢和兒女英雄傳的行文也全是如此。您要學國語，倒很可用他的語句作藍本。

南北看

魯孫的記事，秩序分明，有頭有尾。其中有許多事都該畫出圖來。在今日的社會轉變中都成了往事，以後也不會再有。那麼他這本書和「清明上河圖」有相同的價值，全是記錄往日的生活，老年人看了這本書可以引起你個人的幽思，青年人看了可以增加見識，更了解自己的國家。我套句做生意的話，以作序言的結束，叫做「貨真價實」。

唐魯孫先生小傳

唐魯孫，本名葆森，魯孫是他的字。民國前三年九月十日生於北平。滿族鑲紅旗後裔，是清朝珍妃的姪孫。畢業於北平崇德中學、財政商業學校。擅長財稅行政及公司理財，曾任職於財稅機關，對於菸酒稅務稽徵管理有深刻認識。民國三十五年臺灣光復，隨岳父張柳丞先生來臺，任菸酒公賣局秘書。後歷任松山、嘉義、屏東等菸葉廠廠長。當年名噪一時的「雙喜」牌香煙，就是松山菸廠任內推出的。民國六十二年退休，計任公職四十餘年。

先生年輕時就隻身離家外出工作，遊遍全國各地，見多識廣，對民俗掌故知之甚詳，對北平傳統鄉土文化、風俗習慣及宮廷秘聞尤其瞭若指掌，被譽為民俗學家。再加上他出生貴胄之家，有機會出入宮廷，親歷皇家生活，習於品味家廚奇珍，又見多識廣，遍嘗各省獨特美味，對飲食有獨到的品味與見解。閒暇時往往對

南北看

各家美食揣摩鑽研，改良創新，而有美食家之名。

先生公職退休之後，以其所見所聞進行雜文創作，六十五年起發表文章，民俗、美食成為其創作基調，內容豐富，引人入勝，斐然成章，自成一格。著作有《老古董》、《酸甜苦辣鹹》、《天下味》等十二部（皆為大地版）量多質精，允為一代雜文大家，而文中所傳達的精緻生活美學，更足以為後人典範。

民國七十二年，先生罹患尿毒症，晚年皆為此症所苦。民國七十四年，先生因病過世，享年七十七歲。

綠林英雄好漢

從小喜歡看閒書，什麼《彭公案》、《施公案》、《七俠五義》、《小五義》、《七劍十三俠》、《五女七貞》，每一部書裡的人名和綽號，都背得滾瓜爛熟，再加上不斷的聽平劇，所以一腦子裡，都是甩頭一子黃三太、碧眼金蟬石鑄、北俠歐陽春、大環刀白眉毛徐良這類英雄好漢的影子在轉。凡是聽到的、看見的有關英雄豪傑綠林好漢的事，不但特別留心，而且觀感上也異常銳敏。

記得在咱四五歲時，逢年過節的時候，家裡總有一位虎背熊腰，光頭剃得是青裡透亮，赤紅臉膛，兩撇黑黲黲的鬍子，永遠繫褡膊，穿坎肩，腳上是一雙黑皮快靴，五十出頭的精壯人物，帶著大批貴重禮物來叩節，或者是拜壽。家裡讓咱叫他三爺爺，他一見咱總是一把抱起來，高舉過頂，哈哈大笑，真能聲震屋瓦。後來咱自從懂得看小說，腦子裡印象，這位三爺爺，除沒留下海（**大鬍子之意**）之外，言談動作，簡直就是《兒女英雄傳》裡的鄧九公再世。

這位叫錢子蓮的三爺爺，外號人稱南霸天，敢情當初是京南一帶綠林總瓢把子。自從被先伯祖收服，洗手歸正退出綠林之後，就在平津道上廊坊附近的郎家莊（讀如郎個張）務農為業了。有一年中秋，他到舍下來拜節，吃過中飯一定要咱到前門外廣德樓去聽戲，依稀記得那天是俞振庭、遲月亭演的《金錢豹》，滿臺鋼叉飛舞，踝子一個跟著一個摔，既勇猛，又火爆。戲園子看座兒的，還有賣零食的，似乎對這個錢三太爺伺候得分外周到，特別巴結，包廂裡鋪上桌布，椅子上另加厚棉墊子，茶壺嘴兒上套著黃色的茶葉紙。一會兒五香栗子，一會兒糖葫蘆，又是豌豆黃，又是大碗乳酪。到了三點多鐘，好幾個飯莊子管事的，又送點心來啦，什麼棗泥方譜、肉丁饅頭，桌子簡直擺得碟子壓碟子啦。

戲一散，好幾位買賣家兒掌櫃的已經在園子門口恭候如儀。當然大家又是一窩蜂擁到飯莊子，要酒叫菜猜拳行令，大吃大喝一番。錢三老爺一到北平，總是住前門外打磨廠三義老店，飯後回到店裡，大概有個三分酒意，一看月明似水，初透嫩涼，一高興就打算帶著咱趕夜路去郎家莊玩上兩天再送咱回來。咱當時又想去，可又有點害怕，他說讓櫃上派人到家裡說一聲就結啦。於是我們爺兒倆，由趕車叫得順的駕著一輛有席篷兒的大車，一吆喝直奔永定門。

出了大城一過豐台，得順跳下車從草料簸籮裡拿出一根銅架柱，掛著式樣甚特別的一隻銅鈴鐺，外面罩滿紫裡透亮的紅纓子，駕在大轅騾子頭頂上，一路叮叮噹噹，夜深人靜，可以聽出多老遠去。走個十里八里，高粱地裡就竄出幾個粗漢子來，可是雙方面都非常客氣，彼此好像說了幾句寒暄話，可是咱一句也聽不懂，彼此拱手後趕著大車又往下走。等沒人的時候，一問錢三爺，才知道都是攔路搶劫所謂線上的朋友，怎麼也想不到平津道上走夜路，居然有這麼多的線上朋友，那真太可怕啦。

錢府的一切，倒是完全鄉間土財主的式派，一點兒也看不出當年是坐地分贓的大寨主。只是最後一進，有一溜高大平房，院裡土地是用三合土壓得磁磁實實的，地上埋有碗口粗細、三尺多高的木頭樁子，柱頭磨得是又光又亮，一共有五六十根，可都是不規律的埋在地下，大概那就是武術界所謂的梅花樁了。屋裡有兩排兵器架子，架子上、牆上插齊掛滿全是長短軟硬兵器，還有若干奇形怪狀叫不上名來的，有一具緊背低頭花沖弩，是錢三爺當年最得意的暗器。

我一看花沖弩，就想起《小五義》說部裡的山西雁白眉毛徐良啦。敢情不是小說裡亂蓋，武術界真有人用這種暗器。屋裡正中供著伏魔大帝，神案上放著五尺長一個黃緞子包袱，聽說是一對純鋼虎尾竹節鞭，當年錢三爺洗手不幹，封鞭歸隱的時候，還舉行了一次大典，是由先文貞公代為封包加印，從那時起這包袱就沒打開了。我走到眼前仔細看過，果然隱隱約約有一行小字、一顆褪了色的朱紅印記。錢三爺雖然洗手多年，年過六旬，人家一身功夫可沒擱下，功房的早課晚課從不間斷。我當年童心好奇，幾次想求三爺爺打兩枝弩瞧瞧，因為他老人家練功都不許人看，所以心裡老有點兒發怵，始終沒敢開口，真是遺憾。錢三爺活到八十九歲時，有一天他忽然告訴家人說他要走啦，散功的時候，無論多痛苦也別碰他。結果他在功房坐在蒲團上，全身抖顫，汗下如雨，足足抖了四個多時辰，才撒手西歸，錢家子弟看老爺子散功如此的痛苦，後來大家練功，也不過是活動活動筋骨，誰也不敢再繼續往深裡練啦。

咱有位五服邊上的族伯（遠房的意思），住在北平西單牌樓白廟胡同，咱叫他四大爺，咱這四大爺是前清官學生，年輕時候每個月逢六八十，都要到國子監授經聽課（等於現在聽名人演講）。有一天他經過戶部街，正趕上一群地痞搶庫丁（當年有一種地痞流氓專門吃倉訛庫，因為那都是有油水的工作。庫丁是銀庫的搬運工人），大家一陣慌亂，咱這位四大爺也讓他們糊裡糊塗給擄了去啦。幸虧當時有位武功高強的人物經過那裡，路見不平，躍馬揚鞭，單手一提溜，夾上馬鞍，闖出重圍，直奔西郊八寶山。等咱這位四大爺驚魂甫定，已經被人救上山來，彼此一談，才知道救自己的叫李玉清，是八寶山的莊主。李莊主也毫不隱諱，說明自己就是當年的西霸天，現在早已洗手。後來，彼此交往交往，李莊主的么女兒，就成了咱的四伯母。

有一年永定河河水氾濫，京西有好幾縣受災。李莊主拿出幾百擔小米賑災，馮大總統為了鼓勵褒揚，特別頒給一方「痌瘝在抱」的匾頭，擇吉上匾。這在李府來說，可算是有光彩的大喜事，自然要熱鬧熱鬧，大宴賓客一番。這種機會難得，咱自然跟著四大爺一塊兒上山吃酒道賀，順便開開眼。

李家莊可跟錢三爺家不一樣，莊院的圍牆挺高，有壕溝，似乎還真有點佔山為王的式派。各處大小院子都搭著玻璃席棚，八人一桌，最奇怪的是全用方桌（**據說綠林中人請客不用圓桌，每桌不坐十位**），菜是八菜兩湯，大魚大肉，每桌都用瓷茶盅斟酒，真應了「大碗喝酒，大塊吃肉」那句話啦。

跟咱鄰座，是一位祖母帶著小孫子來吃酒，老祖母白髮如銀絲，大約七旬出頭，小孫子最多不到十歲，可是吃起菜來，狼吞虎嚥，食量嚇人。有一盤乾炸丸子，茶房一端上來，老祖母就不許小孫子動筷子，自己從頭上拔下一根銀簪子，大約有八九寸長，對準那碗丸子，手腕子幾抖，已經穿了七八個乾炸丸子了。跟著把挑著丸子的銀簪往髻上一扠，說是二孫子沒來，帶回去給二孫子解解饞，老人家顧盼自如，氣韻矍鑠。四大爺偷偷說，這位老太太武功精湛，人稱白髮龍女蕭六姑（元瑜曰：可嘆老俠女平日沒肉吃），頭上帶的銀簪就是她的暗器。

話剛說完，鄰座有位土頭土腦莊稼老兒開腔了，他衝著蕭六姑的孫子叫小祥說：「你奶奶偏心，不是不給你炸丸子嗎，宋爺爺給你夾兩個吃，省得你饞得直流哈拉子（北平俗語，口水的意思），小子好好接住。」說完一甩手，兩個丸子像流星趕月似的，直飛過來。您別看小祥人小，功夫還真不含糊，一伸脖兒，兩個丸子全到了嘴裡啦。大家一看這一老一小，都露了一手，全叫起好兒來。老頭子說，小孩兒牙口好，再給你個經嚼的，跟著黝黝的一對鐵珠，又直奔小祥而來，小祥還來不及接，蕭六姑一揚褉袖，兩個鐵球如同石沉大海，都掉到人家寬大的袖筒裡了。

蕭六姑說：「宋爺爺您這是逗孩子嗎？簡直是稱量我老幫子（北平習俗稱老婦之不敬語），孩子一個兜不住，豈不是就開瓢兒了嗎？」

宋爺名叫鴛鴦膽宋小齋，手中一對鐵膽，百發百中，平常最好詼諧，見著聰明伶俐的小孩就逗，只要碰見小祥，爺兒倆總要逗逗樂子，人家老小一逗樂子，我們總算是沒白來，可開了眼界啦。從前咱總覺得《彭公案》、《施公案》描寫人的武功如何高強，心裡總有點懷疑，自從看了吃肉丸子收鐵膽，才知道當初寫這部說部的人，去古未遠，描述武功，有的地方雖然未免誇大，可是還真有點影子，不像後來還珠樓主李壽民他們寫的武俠小說忽然上天，忽然下地，亦仙亦佛，人耶妖耶，過分離譜兒啦。

從前凡是做武職官、親民官（管州縣的）和方面的大員（管一省的），拿賊捉盜，隨身護衛都要幾位貼身長隨，得力武弁。如果上官對待部下仁厚，一到任滿，那班長隨武弁，多半願意跟著長官進退，在長官暫投閒散的時候，他們也就變成看家護院的了。

舍間有這樣幾位護院的，一位叫孟蓋臣，是陝西內黃縣人，說話慢吞吞的，平素絕看不出他有什麼功夫。一位叫馬文良，是河北徠水縣人，滿臉連鬢鬍子，人高馬大倒像一個練家子。一位叫牛振甫，是河北定興縣人，舉止溫文，談吐也極有分寸，衣履整潔，跟馬文良正好相反，簡直像個幹練跟班的。三個人只有馬文良一高興，在月亮地舞上一套軟鞭，激盪迴旋，飛光射壁，看得人眼花撩亂，的確真有兩手。咱小時候最欣賞神行無影谷雲飛一類靈巧超倫的輕功與躥房越脊的姿態。據說孟、馬、牛三人都是個中高手，可是不管怎麼說三個人誰也不肯露一手給咱瞧瞧。

有一天剛吃完晚飯，隔壁鄰居叫小門趙家，是一位告老太監，因事得罪了廚師，這位廚師先放火，後殺人，拿著菜刀滿街亂砍，嚇得大家都不敢前去救火。這下咱家裡三位師傅可露出真功夫了，連長衫都沒脫，一擰身都上了東廂房屋脊。兩家各有院牆，中間還隔著很寬的一條過道，可是火星亂迸，火鴿子（**飛出來的火焰**）亂飛，也挺危險，說連上就連上。三個人把盛米的麻袋弄濕，一條條的蓋在後屋簷上，三個人每人一隻裝清水的水桶，躥上躥下隨時澆在濕麻袋上，他們在房上距躍跳盪，比一般人走平地還來得輕快迅捷。家裡上下人等才知道他們真是深藏不露的高手，不是《打漁殺家》裡的教師爺，馬勺上蒼蠅——混飯吃的。

據他們說，高來高去的飛賊，如果黑夜躥房越脊經過舍下，一定要跟他們打招呼借道，抽袋煙，喝碗水，趕上桃杏梨柿正結果子，摘幾個果實解解渴，那是常事。不過有個規矩，借道的朋友，只能在房上吃喝抽煙，不許落地，一落地對方就是瞧不起護院的，要動真格的啦（**動手較量**）。

有一天，孟蓋臣忽然病倒，找了好幾位名醫，最後斷定他得的是轉食（中醫病名，咽喉阻塞，食水不下，可能就是現在所謂喉癌）。孟蓋臣認為一生浪跡江湖，饑飽勞碌種下的病根，恐難痊癒，於是寫了封信給滄州朋友。敢情孟蓋臣是滄州武術名家鼻子李的最小師弟，軟硬功夫跟大師哥都不分上下，可是小師弟心高氣傲，總想奪尊稱霸，壓大師哥一頭。偶然在信陽遇見贛南散手名家盧湛，死乞白賴要跟人家學五雷掌，盧湛經不住整天死磨，只好把那套五雷掌傳給他。不過兩派功夫不同，運氣使勁也各有各的門道，一不小心走火反經。結果孟蓋臣雖然把五雷掌學會，可是練功一疏神走火，變成了不能過分用力，一用力就岔氣的毛病。以班輩來說，他跟鼻子李論左右，當然輩分很高，他這一病，陸陸續續不知來了多少武術名家來探病。鼻子李在東光縣有一所宅子正空著，於是把小師弟接去養傷治療，聽說又活了七八年才故去。

在北平提起西單二條會家，也稱得上是黼黻門弟簪纓世家了。有一天夜裡，來了一個外路飛賊，三言兩語就跟護院武師嘎啦上了（動起手來的意思），飛賊一看護院的人多，三十六計走為上策，正擰身上房想走，有位武師一抖手就打了他一鏢，他這一撒鴨子（飛跑之意，北平俗稱腳為腳鴨子）就沒有影兒啦。

過了兩天，會家的人一走近花園子月亮門，就有一股子說不出來的臭味，一天比一天臭，於是大舉搜索。後來在花牆子上夾層，躺著一個死人，屍首都爛得生蛆啦。敢情那天的飛賊，身受鏢傷，跑沒多遠，就重傷而死了。這個飛賊身上百寶囊裡，零七八碎兒還真不少，據說有一串萬能鑰匙，一隻精巧的薰香仙鶴，還有一張專治跌打損傷內服外敷的秘方五虎丹。因為五虎丹醫治五癆七傷真有特效，所以舍間就把藥方抄下來，交給缸瓦市玉和堂老藥鋪配幾服，擱在櫃上免費贈送，每年總要配個十服八服來支應，一直到「七七事變」才停止贈送。

咱以上所說的，全是四五十年前親身經歷的真事兒，勝利後在東北也還遇到幾位內家外家好功夫的高手，據咱猜想，現在在臺灣的高手一定所在多有，不過人家是真人不露相而已。

（元瑜附識：這篇文章很像武俠小說，不過魯孫兄出身世澤書香，見聞既廣，記性又好，句句實言。由此看來，早期的武俠小說尚皆近乎事實，以後則越說越荒謬，遠離人類之可能，我不知他的五虎丹秘方記得否，也不知靈不靈，大概那位飛賊白天忘了去配藥，所以重傷身死，哀哉！）

打擂臺

小時候看多了《七俠五義》、《三門街》、《宏碧緣》一類的小說，尤其是《宏碧緣》裡朱彪正在擂臺上耀武揚威，被花碧蓮上得臺來，用銅底尖繡花鞋挑瞎了雙眼一段，對於打擂臺可以說心嚮往之。只是去古已遠，欲看無從罷了。

民國十八年在杭州開西湖博覽會，為了提倡國術，吸引遊客，於是舉辦全國性國術比賽來號召。大會是由劍術名家李景林、武當權威孫祿堂兩位共同主持，所有全國各地有頭有臉的武術界聞人，約有百十多位，全部應約出席觀禮。新疆潭腿泰斗恩澤臣特地到北平約了北平國術館館長許禹生，一塊南下出席。可惜筆者正準備學期大考，不能追隨兩老前往開開眼界。等許恩二老會後，從杭州回來對大家說：「國術是一種極為深奧的武學，其目的首重防身自衛，不得已時才能用拳腳傷人，可是要出手就得一擊而中，使對方或傷或死，不能抵抗。由於出手就能傷人，而武術門派五花八門，各有專長，歷代相傳，難免恩恩怨怨，所以無論哪一門派，都告誡弟子們，習武首先要修心養性，恪遵武德，收徒必須嚴格揀練，不得其人不傳，最忌驕縱狂妄，以武炫人。所以這次雖然有七八十人上臺比賽，可是大家上場一過招，三兩回合，一方面自知不是人家對手，立刻自認失敗，鞠躬下臺。起初一般不諳武術的大眾，總以為龍騰虎躍，拳腳交加，一定是一場既刺激又緊張的場面，結果差不多都是一發即止，看起來並不過癮。你們幸虧都沒去，否則一定也會感到失望。實在說有幾場外家拳腳，內家氣功，還是真有幾位功力深厚的高手，不過一般人看不懂而已。」

民國二十年我到漢口工作，寄宿漢口青年會，會裡總幹事當時是宋如海。這位老兄是標準武術迷，一肚子武林掌故，打趟太極拳也有幾成火候。他知道我對武術也有濃厚興趣，晚上沒事，就常找我聊天。他說湖南省主席何芸樵文治武功都有一套，省府文職官員固然賢俊輩出，就是他大力開創的湖南國術館，也是濟濟多士，高手雲集。民國十九年曾經由湖南國術館主持，在長沙辦了一場擂臺比賽，所有大江南北各路英雄好漢，全都趕來觀摩，一時群賢畢集，真是盛況空前。比武結果，冠、亞軍由長沙人譚輝典、譚有光叔侄二人奪去，聽說譚輝典練的是銅頭鐵臂功，用極結實的棗木棍打他，他用胳膊一搪，能把對方震得棍斷人摔。他的侄兒譚有光更是外家好手，功夫還在乃叔之上。將來如果舉行第二屆擂臺比賽，千萬不可坐失良機，一定要去瞻仰瞻仰。

到了民國二十二年，湖南省果然又在長沙舉行第二屆國術擂臺比賽。同事陸林蓀對於看打擂臺熱度極高，彼此既然道同志合，於是連袂赴湘。哪知這次擂臺比武，轟動全國。幸虧事前託朋友訂好了下榻地方，預先買好了擂臺門票，否則買票固然困難，就是住所也成極大問題，因為賽前四十天，長沙大小旅館，早就住滿三山五嶽的英雄豪傑啦。

河北滄州名武師李七柳，碰巧跟我們都住在湖南第一麵粉廠的招待所。他對於江湖恩怨、武林秘辛，不但知道得非常詳細，就是來龍去脈，也無不瞭若指掌。他說：「這次擂臺比武，表面上說是提倡武學，骨子裡是北派鐵沙掌顧汝章跟峨眉山清風道人的徒弟柳森嚴的一場決鬥。因為何主席擅長武術而且功力深邃，上有好者，所以湖南國術館也就網羅了不少武林高手。像以輕功著稱的李麗久、寫《江湖奇俠傳》的向愷然、鐵掌開碑顧汝章、太極推手名家鄭曼青，以及以武術匯宗馳名南北的萬籟聲、第一屆擂臺比賽的冠、亞軍譚輝典、譚有光，都在湖南國術或是長沙分館擔任重要職務。其中的顧汝章門戶之見最深，自以為技藝高人一等，鐵掌無敵，不但出語浮誇，而且一舉一動也囂張逼人，得罪了若干武林同道不說，連新聞界的朋友也全得罪啦。有一次為點小事，把長沙的《大公報》都搗毀得落花流水，因此大家對顧都有點不滿，可是敢怒而不敢言，都希望能有武林高手挺身而出，殺殺他的氣焰，給大家出出氣。

恰巧這時候長沙出現一位二十歲身材修長的小伙子，叫柳森嚴，是當時長沙參議員的堂弟，從小因為身體孱弱，拜在常寧縣清風道人門下，跟師傅去峨眉練了十多年武術才回長沙來。柳森嚴人長得雄姿英發，言談謙抑隨和，既好吃又好玩，所以三教九流不管大人小孩子，都樂意跟他交朋友。在他高興的時候，就是求他教幾招散手防身，都能辦得到，因此他在長沙開的專治跌打損傷的森濟外科醫院，天天都高朋滿座，醫務也特別興隆。

後來有人說，《江湖奇俠傳》裡的柳遲，向愷然寫的就是柳森嚴。這一傳說不要緊，不久就傳到何主席的耳朵裡了，何有黃金市骨、求才若渴的癖好，尤其是本省少年武術精英，焉能放過。於是在省府設筵，折節款待柳森嚴，當時陪客也都是武術界名流。中國有句俗話『一山難容二虎』，顧汝章向來目無餘子，驕縱慣了，現在眼前這個毛頭小伙子，既是懂得點三腳貓、四門斗的武功，要不乘此機會折辱他一番，豈不是減了自己的威風。

酒席散後就在花園裡，表演了一手搓石成灰。可是人家柳森嚴也不示弱，立刻在金魚池邊，露了一手吹氣成潭，把四五尺深的水，吹現碗口大小深洞，雖然未見高低，可是由此就種下這次比武的動機。這回擂臺比武，是全武行真刀真槍，可熱鬧啦，咱們明天仔細去瞧吧。」聽了李七老這番談話，才知道這次打擂臺還有偌大內幕。這回來長沙看打擂臺，可能不虛此行。

比武擂臺設在長沙大操場，地方廣闊，可以容納一兩萬人。會場四周，布滿了帆布棚帳，正中坐北朝南搭了一座主臺，臺高約有兩丈，長寬約有八丈見方，是比武場所。臺板是三寸多厚松木，上下場門，也分出將入相。正面兵器架上，十八般兵器，排列得繞眼晶光，正中長條案上擺滿銀盾銀匾錦旗鏡框。左右各設副臺一座，比主中略矮略小，左首臺是貴賓長官席，右首臺是裁判醫療大隊席，擂臺四周有六層看臺是買票入場的觀眾席。還沒開擂，場子裡已經是人山人海，最令人扎眼的是場內觀眾和尚、尼姑、道士、傷殘、乞丐特別的多。也不知道他們是江湖奇俠啊，還是故意前來矇事的。

第一天揭幕，由何主席做了極短的開場白，名震全國武林前輩杜星五說了幾句話，就宣布擂臺開始。開場先由萬籟聲上臺表演，他把六尺長茶杯粗的鐵棍在胳膊上繞了三匝，擲在臺上，吭哧一響，外行人也看得出，這是一場真正氣功表演。第二場好像等了半天，沒人上臺，於是墊了一場武術館的徒手對打，倒也一招一式，虎虎生風，讓人看得一清二白。接著是太極劍表演、梢子棒破單刀、空手入白刃，也都看得出個個身懷絕技，功力不凡。

下午一開場，少林劈掌對嶺南白鶴掌，以雄渾對輕靈，結果劈掌落敗。接著上來一位又胖又矮的漢子跟一位壯年武士對打，腳拳兼施，指掌並用之下，壯年一掌打在胖子肚腹，只見胖子大口一張，一匹白練，直射壯年胸臉，壯年人立即倒在臺上。有些觀眾愣說胖子練有劍丸，所以壯年被擊昏倒，於是宣布暫停。經過詢問化驗結果，胖子所練的是水箭，比賽之前喝足涼水，打在肚內，緊急關頭，可以逕射傷人。水係涼水，並沒毒質，臺上臺下大家都受了一場虛驚。

接著一位少林跟一位交手，兩人在臺上轉來轉去，誰也不敢先出手，後來偶或出拳，也是你閃我躲，誰都沒有直接命中過。耗了將近二十分鐘，裁判宣布平手，據說兩人再打下去，二人一定不死即傷。第一天就此收場，雖沒看到什麼精彩節目，但是總算看過打擂臺了。

第二天一開場顧汝章就登臺叫陣，柳森嚴果然不負眾望跟著上了擂臺。柳當天穿的是翠藍色長袍，雖然屬於中上體型，可是跟肌充肉緊的顧鐵掌一比，就顯得渺乎其小啦。我們距離擂臺，約有二三十丈遠，當時又沒有擴音器設備，只見顧、柳兩人，話沒說兩句，顧出其不意，驟發一掌，柳就像被擊倒地，跟著貼地橫掃一腿，一霎眼人影一晃，柳已跳下擂臺鑽入人群，飄然而去。有人說柳的一腿，雖把顧汝章掃到臺下，柳森嚴一伸手，又把顧拉回臺上，彼此還說了幾句場面話，才草草終場，可惜筆者未曾看到。我們回到住所，李七老說顧汝章一掌不能把柳制住，再打下去，顧汝章一定凶多吉少，非當場落敗不可，不過擂臺四周早有部署，柳就是獲勝，也出不了會場。柳森嚴不但招式犀利，頭腦也特別敏捷，這次打擂臺的目的，也不過是顯顯威風，露一手給大家看看而已。花了四五天的時間，從漢口跑到長沙看打擂臺，柳、顧交手不到一分鐘，說起來實在令人掃興。

回到漢口後，不幾天宋如海來說，柳森嚴現在也到了漢口。果然有一天看見柳森嚴在去中山公園的路上，一襲藍衫，帶了好幾位北里花，坐著敞篷馬車，謔浪遨遊。據說當天柳去中山公園，就是應上海武林前輩之約的，後來比劃起來，柳用四兩撥千斤的巧招，勝了那位武林前輩。此事被清風道人知道，立刻親自到漢口，把柳帶回峨眉，從此就沒有再聽到柳森嚴的消息了。

這次臺南舉行世界性國術觀摩擂臺邀請賽，聽說有三百多位中外武術高手參加，一共比賽五天。我想這個消息，不單是我這個擂臺迷，就是一般愛好武術的朋友聽了也會異常興奮。本想頭一天就趕到臺南，去做現場觀眾，繼而一想，還是先看看電視的實況錄影再說吧。這次參加的選手，是按體重分成九級，把外國人的拳擊，照方抓藥，全給抄過來了。

咱們先談這個擂臺吧，四面不挨不靠，倒是得瞧得看。以高度來說，大概怕選手掉下來摔傷，安全第一，所以看起來不太威武壯觀。臺上鋪的是榻榻米，榻榻米底下是什麼就不得而知了，四面就用榻榻米的布邊分為內外場。說是為了保護選手的安全起見，頭上要戴特製的頭盔，選手一戴上，不用說眼觀六路，反而變成大丈夫只能向前，至於耳聽八方，能聽見裁判吹哨子就算不錯。手上又要戴四指駢、拇指伸外的新型手套。什麼擒拿點穴、一指經、鷹爪功，多麼有真功夫的高手，在指掌方面，就是有功夫誰也沒法施展。前胸綁著一塊塑膠海綿做的護胸，等於把身體固定，所謂縮小綿軟巧的功夫，一律用不上。聽說還有一塊護陰，咱沒看過，是不是跟打籃球的護襠一樣，因為沒看見過，所以不敢亂說。如果說選手專踢下陰，都是下三濫的玩藝，也就品斯下矣，不配當選手啦。要說怕受傷，膝部以下的迎面骨，最經不起捧碰，反而沒有保護器具。腳上大家都穿繫帶子的膠底鞋，在榻榻米上穿膠鞋廝殺，既滑又不著力，請想是什麼滋味？所以選手時常會莫名其妙的捽倒，所穿膠鞋，一用勁後跟就禿溜下來叫停，還得請判繫鞋帶、穿鞋子，您說滑稽不滑稽？

一百多場打下來，中國固有什麼太極、武當、少林、八卦拳術掌法，一位也沒能施展出來，上得臺去，每場比賽，好像一個師傅傳授，一上臺全是兩腳又蹦又跳，兩人左搖右晃，你亂打，我就亂踢，西洋拳、泰國拳、空手道、跆拳道、捽角、柔道，什麼招式都有。有些身大力不虧的選手，一看對手身軀短小，甚至一鼓作氣，把對手連推帶擠，擠出內線來得分。要說這次擂臺比賽是古今中西什錦大拼盤，倒是樣樣俱全，一點兒也不誇張。可是別忘了，這是國術比賽，咱們讓友邦人士讚不絕口的中國功夫，就是這麼亂來一氣嗎？外國人固然搞不清，咱們這百分之百道地的中國人，也被弄得眼花撩亂，說不出所以然了。

往者已矣，再過兩年，第二屆國術比賽已經決定，仍舊在臺灣舉行。在這兩年之內，希望負責單位好好研究出一套比賽辦法，使真正的中國功夫能在擂臺上表現出來，讓外國朋友重新把中國功夫再來一次新估價，恢復前此光榮。如果我們拿不出好的辦法來，還是像小孩打架，胡踢亂打撕擄一場，我看還是免了吧，免得再一次丟人現眼啦。您說是不是？

劊子手

夏元瑜老兄在《時報》寫了一篇〈砍人頭〉，將人比獸，以獸喻人，把人獸來個大解剖，發人所未發，言人所未言，的確令人頓開茅塞，長了不少見識。現在筆者把所見所聞寫點出來，既不是續，更不是補，不過是湊湊熱鬧而已。

當山西軍隊駐北平的時代，筆者辦公地點就在東四牌樓附近，機關裡沒有伙食團，大家又不懂得帶便當，所以中午這一頓飯，只有下小館。隆福寺的灶溫，在當時算是物美價廉的二葷鋪，所以筆者就成了灶溫的常客。晉軍一到，跟著各飯館的女招待就大為走紅起來，灶溫首先回應，添上女招待，頂出名的小金魚，就是灶溫捧起來的。他家一添女招待，為了擴充營業，散座也打成隔間，我們這幫真正吃飯的常客，每天就得擠在櫃房裡湊合湊合啦。吃客多，桌子少，大家又都是常主顧，併併桌兒也無所謂。

當時幾乎每天跟筆者同吃的，有位身材修長，腰板筆直，留著絡腮鬍子，說話落門落坎，六十出頭的老者。經過請教，才知道姓姜名景山，原籍開封，落籍北平。初交不好問人行業，可是五行八作，看來看去，哪一行也不像。日子一久，才知道人家是前清刑部的執事（劊子手都忌諱「劊子手」三個字，通常都呼他們執事）。筆者曾經問過他，聽說幹這一行都姓姜，有沒有這檔子事？據姜老說，明朝燕王棣，為了排除異己，有姜姓親兄弟五人，給他做貼身衛士，後來遷都北平，姜氏弟兄仍舊給成祖執行刑罰，就是後世傳說的姜家五虎。順治門甕城有五座的寶頂，前頭有磚瓦鋪，堆滿各種陶玉，所以看不見，有人傳說那就是姜家五虎的墳墓。後來才知道根本沒那門八宗事，那是水平測高標準，大家全錯疑惑啦。北平倒是有姜家墳，在阜城門外八里莊釣魚臺附近，凡是他們這行有傳授的子孫，清明節都要去燒燒紙，那倒是一點兒也不假。

他大爺（伯父，北平人叫大爺）姜大誠是刑堂總執事，他本人雖然跟總執事是親叔侄，可是他要投入這一行，也得磕頭拜師，改口叫師傅。他十六歲投師，最初是每天天一亮，就起身開始推豆腐，用砍人頭的大刀，反把往胳膊肘兒一順，刀頭突出部分，用腕肘氣力，把豆腐推成一塊塊薄片，越薄越好，等推熟了，在豆腐上再畫墨記，照墨記往外推，等準頭練熟，再在豆腐上加十個青銅錢，仍然按墨記往外推，一直練到指哪兒就推哪兒，毫釐不差，青銅錢在豆腐上絲毫不動，才算成功。

學徒時期下半天，可也不能閒住，每天沒事就逗猴子玩。用手盤弄猴子的後腦勺子，專找猴兒的第一和第二的頸椎，也就是俗話所說脖子後頭算盤珠兒，大概人猴骨骼相同，久而久之，也摸熟啦。

最後一關，就是現場表演，這一關一過，才算出師。姜爺第一次到刑場，一看這個陣仗人就暈乎啦。第二次乍著膽子再去，到了節骨眼兒，還是下不了手。到了第三次上，師父這次給他準備了新鞋、新襪、一身土黃布的緊身衿褂，外帶一條黃綢子包頭。師兄弟四五位興沖沖地直奔菜市口，哪知道走到騾馬市大街一個飯館子門口，忽然從樓上迎頭撲臉潑下一盆髒水，正好潑了姜爺一個滿頭滿臉，他一生氣，就直奔樓上，找潑水的小子算帳，他師父拉緊他說，差事要緊，等回頭再跟他們算帳。到了刑場，氣勢虎虎、臉紅脖子粗的，一動手就砍了三個。一出刑場，紅了眼的要找潑水的算帳，師傅帶著他連師兄弟七八口子，直奔這座飯館。他一上樓，可傻啦，樓上是絳燭高燒，紅毯鋪地，正中擺著一張太師椅。師父趕緊把他叫過來說：「還不趕快磕頭謝謝五師叔，剛才那盆吉祥湯，是我安排好讓你五師叔潑的，不然你永遠出不了師。」敢情他們這一行要在刑場見紅才能算滿師呢。

筆者問他砍頭有幾種砍法？他說處決十惡不赦的江洋大盜，那跟元瑜老兄說的一點不錯，犯人跪下，劊子手在犯人左右肩膀一蹬，再一揪辮子，脖子立刻拉長，有經驗的劊子手一刀下去，正好是頸椎骨的骨縫，真是輕而易舉，毫不費力，完成一件紅差。如果是三品以上大員，犯了不赦之罪，必須問斬，那就不能揪辮子咔嚓一刀交差，刑部得選派有經驗的劊子手，在犯官後腦子，順刀一推，飄然而過。既不敢對著腔子沾血饅頭，也不敢一腳踢倒屍首血濺刑場啦。屍親如果打點的在刀刃上，人頭一落地，用木盤盛起，馬上三下五除二的一縫，把身首又合而為一了。姜老當了半輩子差事，只承應過這麼一檔子事，代價是純銀二百兩。據他說到後來大臣犯罪，多半是賜帛自盡，賞一條白綢子自己上吊，綁到菜市口砍頭的，簡直少而又少了。

姜老又說三百六十行，我們這一行，現在算是取消啦，否則的話，我都不希望您跟我往深裡交。幹我們這一行有一個壞毛病，不管跟誰在一塊兒走，總讓人先行一步，多看人家頸椎骨怎麼長的，這倒不是對誰有惡意，因為從小兒習慣使然，您說有多討厭。

姜老又說進入民國之後，東四牌樓騾馬市大街，有一家姓承的，家裡有一個家常子（北平從小收養的小廝叫家常子），叫杜小子拴子的，長大不務正業，主人一管教，他憤而揮刀，把主人全家都宰了。後來在天橋二道壇門行刑，可惜當時沒有包青天的狗頭鍘，是用廝刀鋪的大鍘刀鍘的，小子真叫橫，臨刑還要躺在鍘刀口上試一試。姜老也承認杜小子拴子是他所見的第一個狠人。

當年的北平雜耍

中華綜合藝術團這次宣慰僑胞，其中有巧耍花罈一項，不由想起北平的佟樹旺來。佟是涿縣人，家裡是開缸瓦店的，他從七歲起，一時高興，就練起耍罈子來了，好在櫃上有的是傷殘帶紋的甕、盞、缸、盆，賣又不能賣，正好拿來練手。他摔的陶瓷可多啦，換了別人誰也買不起那麼多的陶瓷來摔。咱們看有些人玩抖空竹、踢毽兒，在臺上都有失手的時候，但佟樹旺耍花罈，卻沒有啪啦一響，滿臺飛瓷碎片的場面。佟樹旺的耍花罈，如蘇秦背劍罈子在腦袋後頭走，二郎擔山罈子在兩膀滾來滾去，都是不容易練的，尤其是魁星踢斗，頭上左右膀臂共三個罈子在轉，腳上再把一個罈子踢到頭頂罈子上，一個左轉一個右轉，這套功夫都不是普通人能練得出來的。

北平的各種雜耍，原先都是有財勢、愛面子的子弟練的玩藝。遇上喜慶宴會，行人情、走份子，親朋一攛掇，露個一手兩手，給大家瞧瞧。有的人後來家道中落，浪跡江湖，沒法子才在天橋或廟會，趕集撂地攏場子，憑著玩藝來混口飯吃。

早先在北平，講究聽評書、單弦、相聲、大鼓、什不閑、八角鼓帶小戲什麼的，雜耍這個名詞，是後來才興出來的。

滿清時代，北平內城雖有戲園子，但是因為前清定制，內城不准唱大戲，偶或演點雜耍也是不定期的。民國以後，北平的雜耍正式組班，進戲園子賣茶錢，是前門外四海昇平開的端。因為園子在百花叢裡，八大胡同各清吟小班，能歌會唱的名花，為了招徠客人，也不時到四海昇平客串一番，所以弄得老實買賣人不敢立足，有身分的人家，也不願意湊這份兒熱鬧惹閒話。四海昇平的顧客，後來淨剩下些花叢遊客，青皮惡少，維持了沒有多久，只好關門大吉啦。

一晃十多年也沒有人出面拴班子，在戲園子裡演唱雜耍。直到哈爾飛一度改為雜耍園子，再加廣播電台遊藝節目，沒早沒晚一開收音機，不是單弦，就是大鼓，要不就是對口相聲、成本大套的連臺評書。這一鬧騰，雜耍這一行，在北平足足熱鬧了十多年。

想當年，北平殷實鋪戶富厚人家，逢到娶媳嫁女、給老尖兒辦整壽、給小孫子辦滿月，總想熱鬧熱鬧。假如唱臺京腔大戲吧，花費太大，也怕招搖惹眼，於是取法乎中，可以唱一臺宮戲。北平又叫「托吼」（表演道具的木頭人有三尺多高，要托吼的人，可以在帷幕後走臺步耍身段），各路賓朋，凡是會唱兩口的，都可以躦到帷幕後頭去唱（北平話叫躦桶子）。

另外，唱一臺灤州影戲，也夠熱鬧的。灤州影戲主要的樂器是洋琴，聽苦的有《白蛇傳合缽》，聽逗哏的有《禿子過會》，火熾的有《竹林計》，悲壯的有《胡迪罵閻王》。來賓要過戲癮，可以往駕後臺，隨意唱點什麼消遣消遣。從前金秀山、譚鑫培、陳德霖、德珺如都是個中能手，碰上有影戲的場合，總要到後臺亮亮嗓子。其中，富連成的張喜海，說劉趕三耍影戲人兒還有絕活，影戲裡有一齣叫《火燒狐狸》，劇情跟平劇的《青石山》差不多，他能耍出各種各樣火彩，細白粉連紙糊的銀幕連一點火星都沾不上，連影戲班的耍手，都不得不對他伸大拇指頭。

有的人家辦堂會，會約一檔子八角鼓帶小戲、什樣雜耍，那可比宮戲和灤州影戲又顯著排場闊綽啦。

八角鼓帶小戲裡，少不了什不閑，北平唱什不閑的，以抓髻趙算是泰山北斗了。他曾經進過大內，在御前獻唱，頗蒙恩寵，所以抓髻趙唱什不閑的鑼鼓架上，左右各雕著一隻金漆盤龍雲頭，表示他當過內廷供奉，這是上賞的響器。筆者聽抓髻趙的時候，他已經是滿臉皺紋，白髮盈巔，可是唱起來老腔老調、古趣盎然，嗓筒兒還是脆而亮。故都名票張伯駒，曾經特煩抓髻趙在高亭公司錄了兩段排子曲，現在當然已成絕響啦。

北平的京韻大鼓，有銀髮鼓王之稱的劉寶全是特出人物，他一上場，氣度雍容，唱作爐火純青。劉本來是梨園出身，後來才改唱大鼓，所以他的刀槍架兒特別受看。一般唱京韻大鼓的，都說藝宗鼓王，其實十有八九都是「留學生」（從留聲機學來的）。尤其大鼓妞兒，一張嘴就是《大西廂》，只要唱《大西廂》，就算是劉派啦，其實《戰長沙》、《寧武關》身段繁複，悲壯激烈的大鼓段，那才是劉派的代表作。北平劇評家景孤血說：「劉寶全的《寧武關》，描摹周遇吉一腔熱血，精忠報國，唱起來彷彿都有腦後烈音，是凡血性人聽了，都能激發一股子愛國的情操。」此話確實不假。

當初清末內務府大臣奎俊（樂峰，名票關醉蟬的父親），有一年新得長孫，一高興把劉寶全叫進宅裡，唱一臺小型堂會。臺面就在小花廳裡，正面放上一架特大穿衣鏡，寶全就在穿衣鏡前頭唱。奎老坐在一張搖椅上，專看劉寶全鏡子裡後影，寶全知道奎老是個中高手，不但能唱而且會編。當年張筱軒唱的《翠屏山帶放風流焰口》，就是奎老的手筆。所以他越唱越犯毛咕，一段《戰長沙》唱完，真是汗透重裘、如釋重負。你瞧大鼓雖小道，可是在以前，聽的主兒和唱的主兒，對於藝術是多麼認真呀。

把八角鼓帶小戲唱出名的是奎星垣，同行都叫他奎弟老。奎弟老拿手好戲是《鋸碗丁》，只要是出堂會，沒有不唱這齣小戲的。一般女眷看到惡婆婆對待兒媳婦的陰損毒辣，真有當場流淚的，這類小戲對於警世醒俗，倒也發生了相當效果。奎星垣唱到臉不上粉，沒法唱包頭了，才洗手收山。後來又出了一個張笑影，張年紀輕扮相好，很出了一陣子鋒頭，不過因為整天塗脂搽粉，變成似女非男的臉蛋兒，加上為了便於包頭，頭髮留到可以梳髻兒，下妝之後簡直分不出是男是女，漸漸也沒人敢領教啦。

唱八角鼓帶小戲，還有一個名人徐狗子。徐狗子在雜耍界人頭熟人緣好，既能吃虧讓人，又四海夠味，誰家要是辦一檔子堂會，找徐狗子當承頭準保沒錯。不但玩藝齊全，場面火熾，還能讓您不多花錢。徐狗子最大長處是不忘本，他發達之後，冬天出門海龍皮帽、水獺領子大衣，渾身穿綢裹緞，打黃金錶翡翠錶槓，可是一遇見老主顧，仍趕緊下車打扦請安，畢恭畢敬，滿臉小人該死，大老爺祿位高升的神氣。徐狗子玩藝寬綽不說，他最能挨得起揍。他時常指著自己腦門上凸出一個疙瘩說哏，說他這個壞包，是唱《打城隍》、《打灶王》一類挨揍戲，日積月累揍出來的。好人有好報，徐狗子唯一的孫子，他供給到英國留學，學成回國，徐狗子老年還真享了幾年清福呢。

北平的雜耍中有一種梅花調大鼓，其中金萬昌得算頭一份兒。金萬昌長得虎背熊腰，實大聲洪，可是唱起梅花調來，抑揚頓挫、細膩纏綿，令人忘了他的龍鍾老態。尤其他鼓板上的功力充沛，花點玲瓏，配上他依傍多年的三弦四胡，出場一通淨場鼓，憑著鼓點的花梢流暢、樂器托襯得絲絲入扣，立刻就能要個滿堂彩。金老晚年在天津小梨園、北平哈爾飛登臺，上下場都要人攙扶，可是一到場上，立刻精神抖擻毫不含糊。梅花調的特點是尾音拖長才好聽，金老年高氣衰，拖不動只好用吭來幫襯。那可真是識貨賣家，武俠小說名家還珠樓主李壽民、章回小說高手劉雲若，他們兩位偏偏喜歡聽金老之吭，認為金老之吭，跟裘盛戎花臉之吭，有異曲同工之妙。金萬昌收的徒弟可不少，男徒弟沒有一個出色的，女徒弟有個郭小霞倒是唱出了名，算是承襲了她師傅的衣缽。

聽老輩兒人說，早先北平的單弦比大鼓還時興，可是真正唱出了名的只有一位榮劍塵，按說八角鼓、快書、岔曲、排子曲都屬於單弦一類。清軍掃平大小金川，八旗兵丁為了提倡軍中娛樂，才興出了八角鼓，最初只打打八角鼓、唱唱得勝歌詞，根本沒有絲竹伴奏。等到班師回京，才添上絲弦，曲牌也越研究越多，像南鑼北鼓金銀鈕絲，那都是後來加上去的。當初有一原則，單弦裡的詞句，都是些春郊試馬、虎帳談兵、慷慨激昂保國衛民的詞兒，絕對沒有兒女私情、花花草草的詞藻，後來雖然為迎合聽眾心理，偶然來幾句軟性的唱詞，可是比起別的玩藝，算是最規矩的了。榮劍塵是內務府旗人，他的單弦唱起來，不單詞句典雅，意境悠然，而且如珠走盤，每個字、每句詞都能讓您聽得清清楚楚。偶或抓個哏、逗個趣，也是不慍不火、謔而不虐。後來有個常澍田雖然氣口差一點，可是還不離譜兒。後起之秀出來一個曹寶祿，在園子裡、電台上真有人捧，嚴格說起來，咬字不真、氣口欠勻，僅是年輕氣壯，憑著一條嗓子唬唬聽眾而已。

唱大鼓還有個特殊人物，就是醋溜大鼓王佩老大臣。王佩臣自己說她的大鼓帶點酸溜溜的味兒，所以叫醋溜大鼓；一般唱大鼓的妞兒都年輕貌美，只有她這個年近知命的老太婆，還在唱玩藝，因此自封王佩老大臣。王佩臣在臺上雖然脂粉不施，可是眉清目秀，遙想當年一定是個美人胚子，她手上的梨花片耍起來，繁花驟雨，配上盧成科的弦子，嚴絲合縫，也是一絕。她唱起來口齒流利，板槽極穩，最長的鼓詞有二十一個字一句，她能唱得不慌不忙、平平整整、一絲不亂，這是無論哪一個唱手都辦不到的。她的拿手活如《王二姐思夫》、《摔鏡架》，既逗哏又有趣。冀察政務委員會時代，她曾經應召到某要員公館唱過一次《金瓶梅》，那是她壓箱底玩藝，一般人恐怕都沒聽過呢。

華子元擅長的「戲迷傳」在三十幾年前，是頂叫座兒的一檔子玩藝，所謂「戲迷傳」其實就是單口相聲，不過戲裡說學逗唱全離不開京腔大戲而已。華子元有幾段絕活，像學孫菊仙《硃砂痣》的「借燈光」、汪桂芬《取成都》的「聽說一聲要餞行」、劉鴻聲《斬黃袍》的「天作保來地作保」、龔雲甫《釣金龜》的「叫張義」、楊小樓《連環套》的「保鏢路過馬蘭關」，真是學誰像誰。但華北淪陷不久，他就閉門不出啦。

對口相聲本來是撂地玩藝，不登大雅之堂的，後來把相聲中過分色情粗俗的詞句大刪大改之後，才成了臺上的玩藝，想不到反倒大受歡迎。筆者聽過最老的相聲藝人，是張麻子和萬人迷，他們二人好在個「冷」字，他們的哏，不講究招得哄堂大笑，而是讓人聽完，細一琢磨來個會心的微笑，張、萬兩人的玩藝就像電影裡的卓別林，滑稽逗樂都是有深度的。

高德明和緒得貴這檔子相聲，在北平也大紅大紫了一段時期，高德明人高馬大，嗓子能夠響堂；緒得貴萎縮而懵懂，十足是個捧哏的胚子。高德明有幾段精彩的相聲：《永慶昇平》學胖馬說山東諸城話，走《倭瓜鏢》起鏢卸鏢喊的鏢趟子，都是他的絕活。可惜後來兩人為點小事一拆夥，弄了個兩敗俱傷，誰也沒落好兒。

常連安本來是唱太平歌詞的，想不到給兒子小蘑菇捧哏，把兒子捧紅了，跟著又出了二蘑菇、三蘑菇一堆蘑菇來。小蘑菇雖然嗓子不夠響亮，可是頭腦比較靈活，能夠隨機應變，當場抓哏，抗戰時期把個華北偽政權，損得體無完膚。例如有一次他說現在大家就要有好日子過啦，洋白麵又恢復一塊二毛一袋了。常連安問他什麼袋兒，他說是獅王牙粉袋兒。又有一次他說八月十五日他在前門大街遛彎，走到了正明齋門口一看，可樂大發啦，翻毛月餅賣一塊錢一個，有磨盤那麼大。趕緊進去買幾塊解解饞，哪知夥計拿出來一瞧，一塊月餅比小芝麻餅大點兒有限，於是他指名要窗戶臺兒上擺的月餅，等夥計拿來一比，跟剛才拿來的一般大小。他走到窗戶口一瞧，這才恍然大悟，敢情月餅前頭放著一架放大鏡，所以照起來有磨盤大。就是這兩段相聲小蘑菇就逛了兩趟日本憲兵隊，您想想，要是進了憲兵隊還能好受得了嗎？可是人家小蘑菇出了憲兵隊，照說不誤，常連安父子在當時一般人背地裡都誇他們是有種的愛國藝人。

還有一位說相聲不怕坐牢的叫趙靄如，此人不但身材修長，而且脖頸子也比別人長出好幾寸。他是說單春的獨角戲，罵日本、罵漢奸真是罵得痛快淋漓，人人稱快。趙靄如本來在東安市場南花園擺場子，因為捧場的越來越多，就有人動腦筋約他到雜園子上臺去說，哪知園子裡腿子特務太多，稍微一溜嘴，就被公安局叫了去大訓一頓。後來趙靄如說他自己是撂地賣藝的命，誰約也不進園子，就抱著市場南花園場子死啃，直到勝利，他兒子也接上啦，他也就回家當老太爺去啦。

在宋哲元將軍主政冀察政委會時期，雖然日本眈眈而視，可是宋明軒有一套因應辦法，倒也維持了一段小康局面。那時候物阜民豐，北平出了三個唱手，人們管她們叫「華北三豔」。有一個叫方紅寶，唱京韻大鼓，妙曼素雅，不愛濃妝，有如玄霜絳雪，學劉寶全也有幾分火候。一個叫郭小霞，是唱梅花調大鼓的，長得風姿綽約、眉目如畫，三弦四胡都是金萬昌舊時夥伴，紅花綠葉相得益彰。一個叫姚俊英，是唱河南墜子的。自從喬清秀的河南墜子唱紅，不久嫁人，跟著出來一個董桂枝在雜園子獻唱，雖然唱得不如喬清秀，可是大家聽膩了大鼓，來一段河南墜子，換換耳音也很受臺下歡迎。姚俊英肌膚如雪，兩隻醉眼極為撩人，加上綠鬢新裁，辮長委地，風韻更為可人。三豔一出，當時每晚各大飯館三人堂唱就唱不過來，所以三豔在園子只能唱日場，夜場就都不能登臺啦。當時華北一般政要，雖然大家力捧，可是始終沒出什麼桃色新聞，勝利前後三豔都找著相當的對象，總算束身自愛的歌伎到頭來都能各有很好的歸宿。

單弦拉戲也是北平雜耍之一，從前有個巧手陳拉得不錯，有胡琴一陪襯，真像一位拉一位唱，據說他是老生貴俊卿的琴師，因為貴俊卿一年到頭都在南方登臺，他不願離鄉背井，就研究出來單弦拉戲了。後來替王佩臣彈三弦的盧成科，因為是盲人，比較心靜，手音又好，他把弦子上再裝個銅喇叭，學言菊朋《讓徐州》閃板槍板，樣樣俱全。學程硯秋《柳迎春》裡「紅梅得雪添丰韻」，他把硯秋的抽絲墊字大喘氣，都能拉得絲絲入扣，唯妙唯肖，實在令人嘆為觀止。

雜耍園子裡有一個頗受歡迎的項目踢毽子，以王武樵、王桂英父女有名。起初是父女兩個人輪流踢，後來桂英越練越精，穩而且準，王武樵自己就改耍鋼叉了。他們所用的毽兒，全是自己包的，有些翎子特別珍貴，軟而不飄，垂直下墜，不怕風吹，所以踢起來得心應手，攸往咸宜。去年有位留德朋友回國講學，據說王氏父女去了歐洲，在西柏林經營一家皮革廠，大概他們鋼叉也不耍、毽子也不踢啦。此外宋相臣、宋少臣父子倆踢毽子也是有名的。

曹四景是抖空竹的泰斗，從前雜耍班子裡，總少不了曹四的抖空竹。他空竹上抖的花樣多，用的工具也古裡古怪，除了茶壺蓋、酒嘟嚕之外，他能抖各式各樣的葫蘆。有一回他用放風箏的線軸子，兩頭各掛一小玻璃缸，裡頭還有小金魚，抖起來四平八穩，真叫人替他捏著一把汗。可是人家曹四從從容容，從沒看他在臺上出過舛錯。自從來到臺灣，在電視節目裡，曾經有一老先生表演過抖空竹，大概年紀關係，有時候突然失手，雖然當場仍舊找回來，可是觀眾總是替他揪著心，不過此時此地能看見抖空竹的，也可以慰情聊勝於無啦。

變戲法的也是雜耍班子裡叫座兒的項目，快手劉、快手盧，都是個中翹楚，他們戲法分小戲法（又叫手彩戲法）、大戲法兩種。小戲法雖然用點兒小道具，可是多半要憑指掌上功夫。有一年海京伯馬戲團由外國到上海來表演，有位隨團的法籍魔術師說：「英美的魔術連印度都算上，所賴於道具者多，要說論手法比中國戲法，那簡直差遠了。」這是行家的評語，可能不假。

中國變的大戲法，十來斤重的大海碗盛滿了水，還有金魚游來游去，再變大膽瓶裡頭插著連升三級。這些東西不錯是帶在身上，從皮兜子裡摘下來的，可是您掂掂這份重量，甭說是身上帶著走上臺來變，就用雙手來端，咱們也端不動呀。至於大套戲法裡的籮圈當當，真當東西現開當場示眾，據他們自己說是大搬運法，是真是假，局外人就沒法弄得懂了。所謂大套魔術的洋戲法，雜耍班子不管是在圈子裡，或者是應堂會，絕不跟洋戲法同臺。有一次舍親府上辦生日，東院是八角鼓子帶小戲，西院是韓秉謙帶著「大飯桶」、「小老頭」變西洋魔術，害得大家東院西院跑來跑去，打聽之下，才知道兩檔子從來不同臺，說起來也是件怪事。

北平老一輩的人，一聽說您上茶館聽書，必定勸您不聽為妙，因為聽書比抽白麵兒上癮還來得快，聽個三、五回書準保入迷。北平說評書組織非常嚴密，不但有公會，而且師傅收徒弟也是三年零一節才出師，取的學名都得按字排下去，讓人一瞧就知道是哪一輩兒的。筆者聽過闊字、傑字兩輩，再往前的老輩兒，就沒聽過了。哪幾個茶館帶說書，什麼時候加燈晚（加夜場），哪位說書的在哪個茶館說哪一套書，幾個月一轉，一切都是經過同行公議決定，誰也不能濫出餿主意。

北平說書，講究一套書說一輩子，不但要專精，而且要熟透。坑坑坎坎，抓哏鬥趣，書裡一個人有一個人的神態、口吻、脾氣，他一張嘴，老聽書的就知道是說誰啦。說書還分大書小書，像《三國》、《東漢》、《西漢》、《隋唐》、《岳傳》，全身甲冑騎馬彎弓，要說袍帶贊、盔甲贊，屬於大書。像《包公案》、《彭公案》、《施公案》、《五女七貞》、《七俠五義》以及《聊齋》，那都屬於小書。雖然不用說盔甲贊，可也有刀槍架兒，譬如說《施公案》的金傑利，他形容賽羅成、黃天霸抽出單刀準備動手，他一搬左腿立刻來個朝天凳，表演天霸橫刀樣子，真是精彩動人。王傑魁自己說吃了一輩子《包公案》，從小到老就說了一部《包公案》。他在中廣電台說《包公案》，一到他的時間，所有北平大小鋪眼兒，十之八九都打開電匣子，真是行人止步、駐足而聽。大家送他一個外號叫淨街王，他把一套《包公案》信口而說，入情入理、細膩動人。我常說假如王傑魁還活著在臺灣的話，那華視的《包青天》用不著東拉西扯的找材料，只要把王傑魁請去給說說，再連個一兩百集，絕對沒問題。

連闊如說《東漢》，在他們說書界也是一絕，說起姚期、馬武岑、彭杜懋真是口若懸河、滔滔不絕，形容戰馬奔跑，簡直就像千軍萬馬排山倒海而來，大家都叫他跑馬連，就憑他那份精氣神，人人都得伸大拇指頭。還有一位說《聊齋》的，把女鬼說得淒厲恐怖令人汗毛豎起，聽完燈晚書，真是有人不約伴兒，不敢回家的。假如專拍鬼故事電影的跟那位說《聊齋》的交上朋友，那恐怖的鬼電影我們更有得看啦。

燕京梨園雜談

平劇雖然發源湖北，可是到了北平才發揚光大起來，加上清朝成立昇平署之後，一般名角都應差供奉，更是如火如荼，蔚成滿街競唱「叫天兒」的盛況了。喜歡聽譚鑫培的，大家叫他「痰迷」；喜歡聽楊小樓、梅蘭芳的，大家說他「中楊梅毒」。給人起這外號，固然顯著有點兒刻薄，可是迷上一個角兒，真有點廢寢忘食、迷迷瞪瞪的勁兒。

民初是譚鑫培天下

民國初年談到唱戲，整個北平可以說是譚鑫培的天下。早上在天壇壇根兒瑤台的陶然亭，您聽吧，這邊唱「店主東帶過了黃驃馬」，那邊調「聽他言嚇得我心驚膽怕」。沿街吆喝唱話匣子的，也拿百代公司新出品，譚叫天的《托兆碰碑》、《問樵鬧府》來號召。就是三更半夜走黑道心裡直起毛咕的朋友，也會直著嗓子喊兩句「楊延輝坐宮院」來壯壯膽子。當時家家都看的《群強報》，譚鑫培的戲報用隸體木刻，字越來越大，小四開的報紙，能夠佔去八分之一的版面，簡直不可一世了。到民國七、八年，北平的遜清遺老、各界名流，一股狂潮，力捧小梅，把個梅蘭芳捧成名伶大王之後，《群強報》上的木刻排名，字的大小，先是譚、梅並駕齊驅，後來小梅名字加上花邊，之後索性梅的木刻姓名大於老譚了。老譚本就性情高傲，連遜清的那中堂琴軒、內務府大臣世續都管他叫譚貝勒，平起平坐，現在小梅居然咄咄逼人，要把他壓下去，老譚嘴裡雖然不說什麼，可是心裡總彆彆扭扭的一直不痛快。

有一次，河南鞏縣兵工廠廠長蔣梓舒，在崇文門外三里河織雲公所給太夫人做八旬整壽，戲碼有譚、梅的《四郎探母代回令》。碰巧譚老闆正在煙榻噴雲吐霧，一不小心把一個鼻煙壺掉在地上，摔得粉碎。這個古月軒製的竹苞平安七彩料壺，是譚老闆心愛珍玩之一，煙壺摔碎，心裡多少有點彆扭，癮沒過足，就到織雲公所上戲了。譚對這晚生後輩的小梅當然可以拍拍老腔了，癮沒過足又不便明說，於是讓跟包的告訴蘭芳，今天的戲要好生點唱。蘭芳會錯了意，以為譚老闆特別高興，準備卯上。譚、梅兩人都用梅大瑣操琴，梅是蘭芳伯父，又特別知會了一聲。等《坐宮》一上場，唱到對口快板，蘭芳用足氣力，越唱越快，譚老闆可慘了，心說讓你悠著點唱，怎麼反而越唱越來勁，這不是跟老頭子開玩笑嗎？越想越氣，加上癮沒過足，黃豆大的汗珠子可就一個勁兒往下掉，要不是功夫磁實，能閃就閃，如其換了別人早就脫板了。梅大瑣兒一看情形不對，直使暗號，蘭芳才明白把事弄擰，等戲唱完，雙方都沒打招呼，譚老闆可就把這個疙瘩記在心裡了。

譚、梅《坐宮》結下樑子

後來有一次，金魚胡同那家花園唱堂會，譚跟那琴軒的交情相當深厚，特地自告奮勇，要跟小梅唱一齣《探母回令》。梅大瑣一看這裡頭有文章，除了關照小梅場上要多加小心之外，也沒有其他好辦法。等《坐宮》一上場，老譚使出渾身解數，同時放下煙槍就扮戲，神滿氣足，嗓筒兒又高又亮，對口板如珠走盤，不但乾淨俐落，而且板槽扣得滴水不漏。小梅一看譚老闆是跟他較上勁啦，事已如此，也只好一咬牙抖擻精神，全力以赴啦。小梅向來不管多累的重頭戲，臉上不會見汗，像尚綺霞（小雲）、程御霜（硯秋）唱全本《四郎探母》，等「盜令送別」一下場，都要卸裝鬆散鬆散，約摸著「回令」要上了，才重施脂粉再梳旗頭。人家蘭芳雖然也是照樣卸裝休息，可是再上「回令」之前，僅僅用粉撲蓋蓋油光，從來沒有重施脂粉過，因為蘭芳上臺，臉上從來不見汗。當年美國著名武俠明星范朋克曾經說過：「就是這一手，誰也辦不到。」

再說譚、梅《坐宮》這場戲，雖然旗鼓相當，可是把這場戲唱下來，蘭芳向來不見汗的臉，汗珠兒也直往下滴答。從此之後，兩人的疙瘩算是結上啦，後來雖然倫貝子溥倫和紅豆館主溥侗哥倆出名擺過一次請兒，暗含著給譚、梅拉拉和，可是兩人始終耿耿於懷。譚老闆去世，出殯的時候，用寸蟒官罩，六十四個人槓大出喪，天津、上海梨園行有頭有臉的都趕到北平執紼送殯，楊小朵跟余玉琴一邊送殯一邊咬耳朵。楊說：「譚老闆上回把小梅大概真擠兌急了，小梅一向對梨園老一輩兒的，永遠是敬老尊賢執禮順恭，譚的喪事居然禮到人不到，可見得實在太傷這孩子的心了。」譚、梅交惡這段秘聞，是楊寶忠親口說的，楊是小朵長子，屬於梨園世家，大概假不了吧。

余叔岩苦學《定軍山》

小小余三勝叔岩，一生就服膺老譚一個人，真正得到譚老闆神髓的，也可以說就是叔岩一人。只要是老譚的哪一齣戲他想學，那真是千方百計都要學到，諸如趴在桌底下，躲在門背後偷偷摟葉子，鑽頭覓腦想盡方法來掏換，一定偷學成功才能罷手。他收的徒弟如孟小冬、李少春想跟老師學點玩藝，也是費了九牛二虎之力，吃盡千辛萬苦，還不一定學得周全，可能老師還要留點後手。叔岩對人說自己躉來的不容易，賣的時候焉能不拿拿翹呢。

《老將得勝》（《定軍山》）是老譚的拿手戲之一，因為這齣戲黃忠是從青龍門（就是下場門，梨園行管它叫青龍門）上，認為是吉祥戲，同時《老將得勝》口彩又好，所以喜慶堂會都喜歡唱一齣《定軍山》。戲班子封箱開鑼也唱這齣戲取吉利，可是叔岩對於這齣戲有點怛頭，不大敢動。《定軍山》黃忠有幾個下場耍大刀花，如果刀花耍得俐落，鑼鼓點子包得嚴實，臺底下一定要捧個滿堂好。可是叔岩唱這齣戲每次耍下場，都落不了好，自己細一研究，每耍下場刀鑽就碰護背旗，護背旗打得七歪八扭的，當然耍不了彩了。後來一得空就想跟老師討教討教，可是老譚不是閃爍其詞，就是顧左右而言他，不說真格的。

鼻煙壺換來耍大刀

有一天叔岩坐在煙炕旁邊給老師打煙泡兒，大概正趕上老師心裡高興，又搭著煙癮剛過足，叔岩一看正是機會，又舊事重提，請老師把大刀花怎麼耍法給說說。老譚說，前些時我不小心，摔了個古月軒的煙壺，心疼了好幾天，聽說你最近淘換到一隻古月軒百子圖的煙壺，是真貨還是仿造呀？叔岩一聽，就知道老師意之所在了，趕忙回說，煙壺曾經送給玩煙壺專家郭世五鑑定過，認為壺底一個砂眼都沒有，照筆法跟彩釉來看，屬於古月軒的精品。現在沒事，我馬上回家把煙壺拿來請您法眼給訂正一下，說著立刻跑回家，把煙壺裝滿荔枝熏的鼻煙，又跑回英秀堂來了。

譚老闆仔細一瞧，壺型款式確實是古月軒的精品，打開壺蓋聞了一鼻子，煙也是好煙。叔岩當然隨風轉舵，老師既然喜歡，那就孝敬老師了。老師高興之餘，言歸正傳，抄起煙籤子，拿籤子把當刀頭，用手一比劃，讓叔岩記住耍刀時，兩隻眼睛盯著刀，頭脖自然而然跟著轉，無論如何刀鑽是碰不上護背旗的。一言驚醒夢中人，一個煙壺換來一套刀法，您瞧從前想學點玩藝有多難呀。

王瑤卿改穿彩靴子

梨園行最能創造革新的，那要屬王瑤卿啦。原先占行只分青衣、花旦兩工，青衣注重是唱，花旦注重是做，也可以說上蹻的是花旦、武旦，不上蹻的是青衣。王瑤卿很早就塌中不能唱了，如果改花旦吧，又不能上蹻，踩蹻一定有幼工。從前的蹻既不分軟硬，更甭提什麼改良蹻啦。他腦筋一動，於是占行興出一種花衫子來，例如《悅來店　能仁寺》的十三妹，侯峻山、余玉琴、路三寶他們唱都上蹻，可是後來王瑤卿唱，就改了穿彩靴子了。至於說到唱，早期梅蘭芳的唱腔，大半出於瑤卿創造，至於御霜的程腔更是脫胎王門腔調了。

王瑤卿大家都喊他「通天教主」，那是北平《立言報》記者吳宗祜跟他開玩笑起的這個外號，他也居之不疑，於是大家也就叫開啦。可是如果細一捉摸，這裡頭文章可大啦，往好裡說，王瑤卿收徒弟不管內行票友，不分男女老幼，只要紅封贄敬送夠價碼，他是一律收，可以說是有教無類，善門大開；往不好裡講，無論是王八兔子賊，他都能大度包容。可是有一樣，等到真正教徒弟的時候可就分了等啦，最起碼的歸了大撥，由程玉菁調教說說；比較有出息的徒弟，那就交給掌珠王鐵瑛看功說腔了；假如這個徒弟由王大爺親自指點，這一定是塊良材美玉，將來一定是有出息能夠大紅特紅的了。

擁有大批內廷本戲

跟王大爺學戲要有耐性，他倒不一定是架子大，而是煙霞癖太深，晚上不睡，早上不起，每天要等晚飯之後，煙癮過足，才有精神，所以古瑁軒要到十點鐘才陸續上座。王瑤卿也是昇平署的供奉，他從內廷抄出來本戲最多，後來傳出來的只有全本《十三妹》（代《掛帥征西》）、全本《雁門關》（代《南北和》）、全本《乾坤福壽鏡》、全本《五彩輿》。《福壽鏡》給了尚小雲、芙蓉草，只在中和園唱過一次，後來就擱下了。此外，他還藏有八本《德正芳》、全本《安邦定國志》、全本《十粒金丹》、全本《綠牡丹》、全本《天雨花》（麒麟童跟王芸芳在上海天蟾舞臺所唱連臺本戲，是上海一位劇評人所編，不是昇平署本子）。華慧麟因為程玉菁的關係，抄了《再生緣》的本子，王玉蓉得到了全本《四面觀音》的提綱總講，可是誰也沒排沒唱。

瑤卿全盛時期沒趕上，他跟老譚合作也只聽過《汾河灣》、《南天門》兩齣，印象非常模糊。後來北平同仁堂樂家堂會，樂十二爺跟瑤卿交情深厚，特煩他跟程繼仙唱了一齣《悅來店》。講眼神、白口、身段、步法，四大名旦都在臺底下凝神靜氣地看，等《悅來店》下場，梅蘭芳說了句：「王大爺的玩藝咱們簡直沒法比。」至於尚、程、荀三人更是只有點頭的份兒了。

旗妝戲瑤卿稱一絕

王瑤卿既是內廷供奉，各王府也常常傳差唱堂會，天長日久，耳濡目染，對於王公命婦的服飾儀注、言談進退，都能夠摹仿得唯妙唯肖，所以瑤卿的旗戲可以說是一絕。在北平鮮魚口小橋華樂園沒有翻修，還叫天樂園時代，他一時高興，曾經在程硯秋的班裡客串過幾天。有一天筆者正趕上他跟慈瑞全唱《探親家》，戲裡的唱只是吹腔銀鈕絲，唱調底也能對付過去。談到扮相，他可不像一般旦角梳兩把頭，穿繡花旗袍，外加八道邊的坎肩，腳底花盆底的旗裝鞋。他只是梳了個旗髻兒，旗袍外罩毛藍布長褂欄，平底單臉鞋，純粹是中年以上旗籍太太們家常打扮。《探親》雖是一齣逗哏戲，可是瑤卿跟慈瑞全兩個人演來卻是悉力以赴，絲毫不苟，不但是蓋口嚴實，就大小動作、手勢、眼神，都能配合得天衣無縫。到最後兩親家舌劍唇槍，繼之兩人揪住一塊兒，髻歪衫亂，像真事一樣，讓人嘆為觀止。

瑤卿不但識人，且眼光大遠，也是一般人趕不上的。梅蘭芳初次在天樂園組班，後來改在文明茶園跟俞毛包的兒子振庭合作，鬚生本來用的是孟小如，孟原唱旦角，後來改唱鬚生，個頭調門跟蘭芳都配合得很好。有一年歇伏，瑤卿料定蘭芳將來一定能夠大紅大紫，當時王蕙芳正在廣德樓挑班不歇夏，瑤卿就把孟小如介紹給王蕙芳跨刀，當時蘭蕙齊芳，正是一時瑜亮。等到秋涼，蘭芳戲班開鑼，瑤卿可就把自己的胞弟鳳二爺補上了。梅的承華社十幾二十年始終跟鳳卿合作，從沒換過老生，鳳二爺也就安安穩穩過二十來年的舒服日子。談到孟小如可就慘了，自從張辮帥復辟失敗，蕙芳也偃旗息鼓卸卻歌衫之後，孟小如始終沒能搭上長班，索性告別舞臺教徒為生了。勝利後小如帶著他長子孟之彥和胡菊琴的父親四鬍子在熱河北票煤礦票房說戲，閒來沒事提起離蘭就蕙這段往事，除了自怨眼光不佳、運氣太壞，對於瑤卿真知灼見、手法高明，始終是佩服得五體投地呢。

梨園識小續錄

吳鐵庵會搬運法

髫生吳鐵庵，可以說是北平梨園行的鬼才，他在十三、四歲時唱一齣《鐵蓮花》，不但做工老到，而且嗓子一點雌音也沒有，當時人管他叫小怪物。等到過了嗆口，老伶工貴俊卿聽過吳鐵庵幾段戲，背後跟人說，鐵庵的戲，如果能規規矩矩的唱，過個三五年，除了譚老闆，可能就是這孩子的天下了。誰知過不了多久，鐵庵得了鼠瘡脖子，根本不能唱戲，只要一卯上，就鼠瘡迸裂，終其生唯有給人說說戲、操操琴。

鐵庵有一年在潭柘寺陪楊寶忠之父楊小朵消夏，廟裡有位和尚，跟鐵庵投緣，背著人教了他一套大搬運法，知道的人雖然不多，可是既然有人知道，自然而然就傳開了。某年在天氣已涼未寒時，有幾位朋友在什剎海會堂小聚，其中就有吳鐵庵，酒酣耳熱之餘，大家一再磨煩鐵庵露一手給大家看看。鐵庵在情不可卻之下，於是說：「我敬在座每位一對正陽樓的清蒸蟹蓋吧！」（**正陽樓在北平，是以賣勝芳大蟹、烤牛羊肉出名的**）說完了話，吳鐵庵就離席外出，大約十幾分鐘，跑堂兒的捧著熱氣騰騰的一大冰盤的蟹蓋進來，說這是吳老闆的敬菜，跟著鐵庵也進來坐下吃螃蟹。在座的有人到廚房看看，果然有正陽樓的包裝紙，問問廚子，的確是吳老闆親自送進廚房讓蒸的，再打電話問正陽樓，果然是吳老闆在櫃上買了二十隻蟹蓋走的。以會賢堂與正陽樓的距離，一在後門，一在前門，就是坐汽車，也要半小時以上才能到達，一個來回，自然得一點鐘了；而吳鐵庵能在十來分鐘從後門到前門跑個來回，真可算神乎其技了。

毛世來蹻工獨步

談起旦角的踩蹻，老一輩要推余玉琴、路三寶、田桂鳳。余玉琴一齣《十三妹》，講究從臺上翻到小池子裡，地方準、尺寸嚴、身段俏，說起來只要是內行，都得挑大拇指頭。路三寶是有名的刺殺旦，《雙釘》、《雙鈴》、《馬思遠》，比小翠花又高明多了。老譚去世前，兩人在文明茶園唱了一齣《浣花溪》，蹻工之穩，足為後輩楷模。田桂鳳在民國十年以後，就不登臺唱營業戲了，可是一年一度第一舞臺窩窩頭大義務戲，仍然是粉墨登場，照唱不誤。某年跟蕭二順長華貼了一齣《也是齋》，檢場的連場子都不會擺，只有自己動手，裙衫大鑲大滾，仍然是清末的裝扮。跟包的因為他年紀太老，勸他不要上蹻，他說：「咱們是給祖師爺磕過頭的，既然不是二髦子，可不敢亂出主意，壞了祖師爺的規矩。」暗含著就是罵王瑤卿，自己不能踩蹻，花旦大腳片上場，愣給起名叫花衫子，足證老伶工之忠於藝事。

後來論蹻工，武蹻要屬藝名九陣風的閻嵐秋，《取金陵》、《泗洲城》、《演火棍》，上銅底硬蹻，比起同時的朱桂芳，確實又乾淨、又俐落。談到文蹻，近年來推于連泉、小翠花為祭酒，可是翠花的蹻，穩則穩矣，可惜有點裡八字。毛世來出科後，一心想拜小翠花為師，小翠花一直不露口風。有一天，馬連良在西來順請客，酒酣耳熱，就連玩帶笑的勸于老闆收下小毛，做個衣缽傳人。于老闆大概有酒蓋著臉，就說了，小毛的玩藝，平心而論，確實夠細膩，就是不拜師，再過三、五年，花旦這一行還不就是小毛的世界了。講嗓子，脆而甜；講把子，腰腿都不含糊；說到蹻，你們留神看小毛的《翠屏山》，潘巧雲的下場，殺山的撲跌，就知道還用不用跟我學了。這話說了不久，小毛在新新戲院貼了一次《翠屏山》，內外行到的還真不少，看完之後，大家心裡全有了數，再也沒人慫恿小毛拜翠花了。

李多奎愛泡澡堂

梨園行人才最缺乏的要算老旦這一行了。早先最出名的是謝寶雲，但是謝有一個極不好的毛病，就是太懶，不肯賣力，一齣戲得一個滿堂彩就算了。例如《探母》的佘太君，「一見姣兒淚滿腮」一定是滿工滿調，響遏行雲，只要是一得彩，底下就不賣了，所以得了一個「謝一句」的外號兒。謝寶雲之後，出了個龔雲甫，龔是玉器行出身，大家稱龔處而不名。他天生一副老太婆面孔，嗓子又高又亮，配上陸五的胡琴，說一句梨園行的行話，可以說是「嚴」了。龔死了之後，先有陳文啟、羅福山，後有孫甫亭、文亮臣，都只能算是良配，夠不上好老旦。

到後來出了個李多奎，確實是老旦行的翹楚。李嗓子高亢而且有炸音，吃高不吃低，胡琴越高，他越往上冒。他先用耿么操琴，後來換了陸五。李多奎患深度近視，視力極差，在臺上唱到大段玩藝，他老先生把眼一閉，盡情而唱，什麼叫身段表情，他就滿不管了。所以有人給他起了一個諢號，叫「李瞎子」。李有一個特嗜，就是泡洗澡堂子，除了上園子以外，他是整天在澡堂子裡泡，每天就在大池子裡吊嗓子，藉著水音，嗓子越來越衝；要有一天不上澡堂子，那簡直等於犯了煙癮的一樣，非常不舒服。如果有人約李多奎到外埠唱戲，首先他得問當地有沒有澡堂子，如果沒有，大概他就敬謝不敏了。

王又荃席捲本戲

程硯秋的秋聲社，原來有四大金剛，是貼旦吳富琴、小生王又荃、裡子老生曹連孝、丑角曹二庚，紅花綠葉，極盡襯托之妙。同時硯秋本戲特多，講究藝口嚴、場子緊湊，一齣戲有一齣戲的行頭，就是配角也得跟著行頭翻新。所以秋聲社的班底，都是老搭檔，別的角兒搭不上，同時也搭不起，一直維持了四五年之久。不料天橋戲棚裡出了個坤角，叫新豔秋的，不但扮相有點像程御霜，就是嗓筒唱腔，也頗有幾分似處。北平有的是吃飽了沒事幹的捧角家，於是大家一起鬨就把新豔秋捧起來了。

王又荃本來是南城的票友，時常在正乙祠票戲，扮相儒雅俊秀，由票友而正式下海，因為王是公子哥兒出身，當然聲色犬馬，都相當內行。此時新豔秋正苦於學程無門，尤其是程派本戲，無處淘換；恰巧又荃的跟包劉長生和新豔秋住街坊，經劉的撮合，又荃就給新豔秋說上戲了。日子一長，首先是《賺文娟》、《玉鏡台》的本子拿過來，繼之《聶隱娘》、《鴛鴦塚》也唱上了。

程老闆的花腔，雖然王又荃知道個大概，可是知道最清楚的，是御霜的琴師穆鐵芬。穆也是怪人，十三歲就是春陽友會的名琴票，下海後身體發胖，留了兩撇小鬍，小平頭，緞子坎肩，翡翠表槓，在臺上拉起胡琴來，派頭亞賽處長，所以大家都管他叫處長。處長經過王又荃苦苦哀求，由說戲變成傍角兒了，程唱是他拉，新唱也是他拉，程雖然生氣，可是說不出來。後來王的膽子越來越大，不但自己給新配戲，甚至把秋聲社的班底全拉到新豔秋的班子裡來了。程老闆在忍無可忍之下，才一氣改組了秋聲社，所有搭新豔秋班的配角，一律不用，跟王又荃更是斷絕一切關係。可是所有程派本戲，舉凡提綱、總講、場子戲詞，又荃都有一份，自然而然也都到了新豔秋手裡。秋聲社剛要改組，新豔秋馬上就貼出程派拿手好戲《梅妃》、《紅拂傳》、《文姬歸漢》來了。此後程班最感覺困難的，第一是胡琴，程的「抽絲」、「墊字」、「大喘氣」，不是一般琴師可托的，先試趙桂元，後用趙喇嘛，都格格不入，沒法湊合，最後經張眉叔的介紹，才用上周長華。照實講，周長華之傍硯秋，可以說是後而又後了。至於第二困難是小生，先用顧珏蓀，後用俞振飛，唱的主兒覺得不合轍，臺下聽的主兒也覺得彆扭。程門本派，自從又荃席捲全部本戲而離班，程派也就由燦爛而趨於平淡沒落了。

郭仲衡下海受窘

談到程硯秋，就想起郭仲衡了。民初硯秋班裡兩個老生，一個是貫大元，一個就是郭仲衡。郭原本是學汪派的票友，有時唱兩口還真有點汪大頭的味兒。民國初年，正式下海搭入硯秋戲班，我記得第一次打泡戲是《雙獅圖》，一聞相爺回府，小生擲下獅子，匆匆下場，不知道檢場的故意開玩笑，還是忙中有錯，把石獅愣給拿走，雖然拿走了再拿回來，可是臺底下已經來了一陣哄堂倒好。第二天郭貼《戰長沙》（大軸是硯秋的二本《虹霓關》），關公一出場，又得了一個滿堂彩，原來關公的綠色帥旗，錯拿了替夫報仇的白色喪旗。一錯再錯，當然不是事出無心了，據說郭下了海，仍舊是票友派頭，引起後臺執事的不滿，所以特意讓他出出洋相。可見梨園行這碗飯，真不是好吃的，哪炷香燒不到，馬上就會出亂子的。

丑行頭兒郭春山

提起郭春山，就是在北平常聽戲的人，也不一定知道這個怪物；可是各班的後臺總管，提起郭春山沒有不搖頭的。郭肚子裡極寬，文武不擋，六場通透，你只要說得出戲名，沒有他不會的戲，所以丑行公推他為丑行頭。他的好處是每個戲班不管他唱不唱，都要給開戲份兒掌戲，可是遇到冷戲，大家不會，他得給大家說說，甚至得他自己上場示範一番。

此人不但口齒不清，永遠像有一口痰在嗓子眼兒堵著，而且面貌亦極可憎，專門跟梅畹華的承華社起膩。他說小梅他爺爺我們一個頭磕在地下，我不幫他我幫誰！所以只要畹華有戲，他一定盯著，例如畹華的《金山寺》，小沙彌一定是他的；全本《西施》，館娃宮的小太監一定也是由他應了。他跟昇平署一個貼寫是連襟，因之內庭若干成本大套的戲，他抄了不少出來，如全本《五彩輿》、八本《德正芳》、《粉妝樓》、《五女七貞》等提綱總講，都是全的。如今這些本子不知乃嗣郭元汾是否仍然珍藏著？

談清代的辮子

南北看

《洪熙官與方世玉》這部連續劇故事情節錯綜複雜，扣子扣得緊，布局布得奇，懸疑譎詭，變化多端，令人今天看了前一集，欲知後事如何，明天不得不且看下回分解。這一部戲，可以說，編導方面真正得到了連續劇的神髓真味，收視率之高，也出乎意想之外，上自名公巨卿，下至販夫走卒，都是它們的忠實觀眾，足證此一連續劇之叫座力如何了。

有一天幾個朋友在一起閒聊天，不知不覺就聊到連續劇裡的辮子問題，《洪熙官與方世玉》之劇情是清朝的事，滿清距民國最近，諸事猶在記憶之中。我們從前是留過辮子的，所說的都是彼時真情實況，可以作為以後連續劇的參考。

在早先，男孩子一呱呱墜地，洗三時一定要把胎毛剃掉，稍微大點兒就留起「鍋圈」來了，鍋圈是天靈跟四周都剃光，只留一圈長頭髮。

再大點兒有的頂門留一撮，編起來叫「沖天炮」，左右兩邊留小辮叫「歪毛」，後腦勺子留一撮叫「墜根」，求好養活。

男孩到十三、四歲就要留頭了，所謂留頭，腦門子留一排叫孩兒髮，前面刮光，後面留辮子。李翰祥導演《北地胭脂》裡的同治皇帝所留的辮子，就是典型青少年的辮子。大戶人家未成年的男孩，多半是奶媽天天用篦頭打辮子，續上紅絲繩的辮穗。

至於一般人家，大半是隔一兩天找剃頭師傅去打。「打辮子」也有技巧，辮子不能打得太緊，太緊了扭頭髮，也不能打得太鬆，太鬆就成了浪蕩子荷花大少了。老年人要續黑辮穗，服喪的人要用白辮穗或藍色辮穗，行商小販大都不續辮穗。

還有一種人不但不續辮穗，而且編辮花時裡頭還襯上一根豆條（粗鐵絲），辮子要衝上翹著，叫蠍子尾，彼時的所謂無賴悠嘎雜子，都是這份德行。一說打架，先露胳膊，挽袖子，跟著就是把襯有粗鐵絲的辮子，往頭上一盤，跟人扭扭擄擄，就不怕被人家抓住辮子了。

普通人幹點重活，都是把辮子塞在腰帶上，也就不拖拖拉拉，礙手礙腳；至於把辮子繞在脖子上的，大概在洗臉時才這麼繞，否則讓人抓住辮子一勒，那簡直是授人以柄了。《洪熙官與方世玉》之前，也演過辮子的連續劇，目前電影和電視，亦常有辮子的扮相，這一段辮子可以供將來再有辮子戲的製片參考參考。

（編者按：本篇是唐魯孫由個人親身的經歷寫成的觀感，對清代小孩、少年、成年髮辮的形式及因事因人的各種習慣，都有極詳盡的說明。非常有價值，可作史料看。）

衙門裡的老夫子

從前大小衙門，都請得有老夫子，多者十位八位，少者也有三位兩位。所謂老夫子，是衙門裡上上下下，對師爺的尊稱。一提師爺，大家總會聯想到紹興師爺，其實師爺並不全是紹興人，哪一省哪一縣都有作幕當師爺的，不過紹興人作幕的多，加上父以蔭子，親戚至交互相吸引，人數越來越多，而且熟能生巧，案例瓜滾流熟，名幕迭出，因之師爺，好像是紹興人專用的名詞啦。當年新官一授職，還沒上任，首先要物色適當可靠的師爺，有的是自己聘請的，有的是親友引薦的，反正什麼樣的官，請什麼樣的師爺。從來沒有跟過督撫，又到府門去當老夫子的，您固然不敢請，他也不會來屈就。嚴格說起來，所謂師爺也分三六九等，您要請西席，也得恰如其分，辦起事來，才能左右逢源呢。

師爺在衙門裡的地位，頗像現在各部會的參事，又像機要秘書，可是師爺如果得到主官的充分信賴，予以授權，加上主官有權而不輕用，那這位師爺可以乾綱獨斷，他說了算數，不但現在參事秘書沒有那麼大的權力，就是秘書長以至於主官本人，要是本機關最高會議把這件事否決了，主官也只有乾瞪眼莫法度，還不如舊式衙門裡紅師爺的威風赫赫呢。

師爺在地方機關，要按現在職位分類來說，可分為兩類，一類是主管刑名，一類主管錢穀。要是中央行政部門，或者夠得上專摺奏事的衙門，師爺也分兩種，一種是專司筆札應酬文字的叫書啟師爺，一種是專擬奏摺公文的叫總文案（背後又叫紅筆師爺）。主管刑名的師爺，等於司法官，有權批判刑民訴訟，可以說執掌生殺予奪的大權。主管錢穀的師爺，等於現在的稅捐處，所有錢穀田賦以及財務上的徵收事宜，統統歸錢穀師爺掌管。

在彼時主官跟師爺，算是賓東關係，延聘的西席，不是長官對部下，從屬關係。所以主官對師爺，不管是掌文案的、司書啟的，刑名也好，錢穀也罷，一律都稱呼老夫子，師爺則稱呼主官為東家，或者是東翁。無論是州、縣、府、道，或者是藩臬、督撫，只要請到品學兼優、有為有守的老夫子，他們各自掌管職司，那身為主官的，真可以說是優哉游哉，垂拱而治了。

那些作幕的師爺，不但是世襲罔替，各有絕活兒，而且裡裡外外，上上下下，他們好像有個同業公會，互通往來，非但聲息相通，而且彼此全有關照，知道怎樣趨吉避凶，怎樣大事化小。尤其是新任交接，他們都能面面俱到，既不會吃虧，也不至於受騙。總之吃這碗飯的，全是世守為業，自然特別愛惜羽毛，絕不肯做些有辱聲名的事，否則一旦傳揚開來，一提某某師爺，人人搖頭，那豈不就得改行換業了嗎？

所謂師爺，還有一項特別的，就是東家一定要讓老夫子住在衙門裡，不但供膳宿，住處還得寬敞幽靜，膳食更要豐盛適口，每位老夫子，還得派一個聰明靈巧的書僮伺候起居飲食。像當年于式枚在李鴻章幕府裡，另外設一小廚房，給予晦若專用，您就可以想像當年督撫對於得力的老夫子是怎樣的重視尊敬了。

到了民國有位總長，不但性情暴躁，甚且到了驕縱狂妄的程度，而且有一個怪脾氣，員司呈閱的文稿，稍有不合，立刻把公文往地上一摔。有一次，一位司長拿件文稿，親送總長書行，總長一犯狗熊脾氣，把公文又摔在地上，哪知那位司長，不但是老公事，而且是老油條，立刻一彎腰，把公文拾起往頭上一頂，衝著窗戶跪下。當時那位總長也愣住了，一面拉一面問，這位司長說，來文上有大總統印，扔在地上，就犯了大不敬罪，這在前朝那還得了，所以跪在地上替總長祈福。他不說贖罪，而說祈福，足見這位司長的口才迅捷，經過這一跪，居然把眼高於頂的總長大人的壞毛病給糾正過來了。

光緒初年曾國荃，由兩廣總督內調，署理禮部尚書。到任之後，有位司官把文稿呈堂書行，做慣了方面大員的曾九帥，簡直就跟土皇帝一樣，根本就沒把一般司官放在眼裡，大馬金刀昂然而坐，沒站起來接稿。哪知這位司官，守正不阿，愣是拿著公文不放，並且退出廳堂，聲色俱厲的對值日書辦叱責說：「曾大人久做外官，不懂得京裡規矩，幾時見過司官送稿，堂官不站起來接的，你沒有事先稟明，是你辦事疏忽，去拿戒尺來，自己打手掌十下。」曾九大人一聽，知道自己失儀，趕緊作揖謝過。從此知道京城長官對部屬彼此都是有尺寸的，比外官難做，沒過半年又謀求外放啦。

袁項城由直隸總督奉調軍機大臣，達拉密（檔案房執事）拿案卷去見他，袁項城當然也不懂樞垣制度，坐在座位上用手去接，達拉密拿著案卷往後一退，袁再伸手探身去拿，不想達拉密又往後退了一步，袁比曾來得機智，連忙站起來，才把案卷拿到手。敢情按照清朝舊制，官文書是屬於朝廷的，堂官司員不論官大官小都是給朝廷辦事。這種制度不僅是一種體制，更是對國家公文和公務員一種崇敬，也就是敬業的意思。所以清朝六部司員見堂官洽商公務，堂官必須站起來聽，核閱公文也是站著判行。

到了民國北洋政府時期王克敏做財政總長，大概還承襲點前代遺風，不論大小官員，到總長辦公室報告公事，他一定站起來請來員坐下，然後歸座，有的時候敬一枝煙，然後談公事。王叔魯說屬員進總長辦公室，心裡一起尊，已經跼蹙不安，長官再一繃臉，膽小的屬員，應該說的話，都嚇回去了，十成話連三成也說不完全，豈不誤了大事。所以他對僚屬來回公事，總是和顏悅色，起身讓座奉煙，然後再談公事。王叔魯後來雖然當了漢奸，可是他這種舉措，倒也有點道理，不可因人廢言呢。同時也可以明瞭當年長官對部屬，也有一定的尺寸，不是一味亂擺官架子的。閒言擱下，再表正題。

老夫子既不需要到辦公室辦公，也沒有固定辦公時間，當然更談不上簽到簽退了。所有文稿，大半都是在自己起居室裡構思擬辦，跟現在主官一會兒叫某參事來，一會兒叫某秘書來的氣氛完全兩樣。主官如果有要公跟老夫子商談，大半都是屈駕移樽，就教高明。所以在當時讀書人，抑鬱不得志，退而為人幕府，仍舊維持自己確然不拔的節操，不像後來讀書人為了贍家餬口，就是被人家又摔又罵，也只好充耳不聞，忍辱吞聲的幹下去啦。

筆者有位忘年交鄭伯孚先生，他是廣東董姓名幕的入室弟子，據他說學幕並沒有什麼不能告人的訣竅，一切都是經驗累積，如能神而明之，自然左右逢源。從前某軍門獨子，在市街馳馬傷人致死，按照大清律應予抵命，老夫子靈機一動，把「馳馬」改為「馬馳」，則其罪在馬而不在人，所以軍門獨子得以保全。又某年值慈禧皇太后六旬萬壽，閩浙總督札委仙遊縣縣令賚送貢品晉京呈納。其時正當錢糧下忙時期，縣令一走，當然影響入息。縣太爺沒辦法，拿重金拜託老夫子婉為說詞寫張稟帖請求另派，大意是：「今逢皇太后千春萬壽，如由仙遊縣賚送壽貢晉京，罔知顧忌，單單派仙遊縣令，似有未妥，乞請鈞裁。」上官一看，當然准如所請，另派別員。後來閩浙總督認為該員顧慮周詳，在另外一件保舉案，反倒把該員以才長心細膺列特保。這些事都是有得力老夫子，才想得到呢。

還有一樣，不論大小衙門，凡是師爺，有滴酒不沾的，可是沒有不抽煙的，有的愛抽旱煙筒，有的喜用水煙袋。而且所有師爺好像是一個科班訓練出來的，一律不用墨盒墨汁，全用硯臺研墨，鄭伯孚說，這也是作幕的一項門道。因為偶或有些最速件，主官坐在老夫子屋裡，等候看稿，這時候老夫子必定先拿煙袋抽上兩袋，一方面盤算，一方面打腹稿，如果兩袋煙抽完，腹稿還沒擬好，那就把硯臺注好清水，拿起墨錠，慢慢磨研，等墨磨好，腹稿也就完成，振筆直書，一揮而就啦。

至於人家傳說，師爺拜師學幕都有一套秘密傳授，那都是猜測之詞，平常老師把自己的經歷告訴學生，讓學生知所趨避，那倒是有的。什麼本門心法、學幕要訣一類的風傳，那簡直越說越神了，其實沒有那麼八宗事，不過學檔案的，倒有一套管檔案的方法，在當年的確有用。現在進入電腦時代，一切案卷可以用電腦管理，那些心傳口授檔案管理的方法，也就全都落伍了。

衙門師爺的待遇，都是保密的，只有本人跟東家知道，這倒跟歐美現在各大企業管理方法不謀而合。從前一位官員，升遷調派，官聲如何，大部分都操在師爺手中，所以養士酬庸之道，也變化多端。例如每月月初月半，那是規定宴集，歲時令節，更要準備豐盛筵席，款待全部師爺。遇到時蔬瓜果上市，東家借名薦新，請師爺們打打牙祭，要是久雨快晴、豐年瑞雪、對月、賞花，都是犒勞大家的好題目。有時即興吟詩、拈韻作詩鐘，也都酒肴雜陳，笙歌助興，賓東之間真是其樂融融。再則就是老夫子的雙親三節兩壽，主官可能不惜派人跋涉關山，備辦壽禮，貴重補品，一聲不響，用晚生侄輩名帖，送到老夫子的府上去。主官在老夫子原籍偷偷買房子置地，也不乏其人，等老夫子告老還鄉，可以舒舒服服過下半輩子了。彼時雖然沒有什麼績效獎金、年終加發等名堂，可是冬有炭敬、夏有冰敬，除了老夫子的月例之外，隨時都會想個點子貼補貼補。

此外在督撫衙門的師爺，遇到辦理保舉，得力的老夫子，主官都把他們列名，可以混個出身，三年幕府，相處乳水的賓東，又要給老夫子張羅引見。進京引見之前，大張盛筵，當眾致送優厚程儀；如果是督撫衙門的老夫子，則司道府縣為討好上官，自然踴躍解囊。同時老夫子受主官這樣推重倚畀，就是晉京引見分發，大半都棄而不就，仍舊再追隨原東家，代為籌謀策劃，那些司道府縣焉能不盡量巴結，設法攀交，所以湊個萬兒八千的程儀，是指顧間的事。老夫子晉京引見之後，名也得啦，利也有了，回到原幕，給老主東辦事，還能不鞠躬盡瘁，忠誠不貳的嗎？

北洋災官的形形色色

北洋時代衙門有紅有黑，紅衙門根本不欠薪，就是欠也不過欠一、兩個月。黑衙門一欠就是十幾個月，遇到年節，挖空心思，也只能發一、兩成薪水，一點也不稀奇。當時黑中之黑的苦衙門恐怕要屬參謀本部了。

衙門在西安門大街，雲白石的大樓，連圍牆都粉得雪白，派頭兒的確夠瞧老半天的，據說原址是小德張的舊宅，後來小德張在永康胡同蓋了新宅子，才把舊宅出手。民國成立，參謀總長坐得最長的要算張懷之，黑衙門，苦差事，你不爭我不要，所以張懷之反倒坐長遠了。

遇到軍閥一打內戰，參謀本部就有生意上門，可以喘口氣了。因為參謀本部的軍事地圖是經過專家測繪的，哪兒有山，哪兒有河，山多高，河多寬，都記載得詳詳細細。平常一文不值，一起戰爭，這種軍事地圖可就成了寶貝了。直系的軍隊來買，奉派也設法來要，賣個三、五百張，衙門同事，就可以湊合發個三、五成餉了。有一年實在大家窮極了，有人說從前小德張曾在宅子裡有窖藏，在後園花叢裡。於是有好事之徒，發起招股雇工挖寶，每股五塊現大洋，將來挖出寶來，按股均分，並且打算給總長打個報告，一批准就動工。

後來有高明人說，這種報告怎麼寫，縱或報告上去，總長也沒法批呀，請機要跟總長打個招呼算了。

參加的人為了衙門的面子，躲開辦公的日子，在禮拜天動工開挖，從早晨到天黑，十來個工人，挖了一整天，既沒有挖到金銀，也沒找到珠寶。不過大家也沒有白辛苦，一共挖出來十幾口鏽痕斑斑的大鐵鍋，失望之餘，只好把鐵鍋論斤賣給打鐵鋪。還算好，參加投資的人沒貼本，每股淨得紅利大洋七毛。事後以訛傳訛，愣說參謀本部挖出來若干金元寶，等到真相大白，反倒成了當時一樁官場中的笑話。

北洋政府的財政部是在北平西長安街，緊挨著交通部，門前有面又高又大的影壁牆，有一年天寒歲暮，總長李思浩想來想去過年的頭寸怎麼也調度不開。政客中有位以算八字看風水起家的彭樂韜，湊巧正到財政部看朋友，李思浩聽說彭精於堪輿之學，於是請彭把財政部裡裡外外的風水看一看。彭對看相確實有點兒研究，看風水這一門卻不過是唬唬外行而已。看了半天，他說財政部明堂寬大，青龍雙擁，座下吉星平平穩穩，並無不妥，只是門前影壁牆上有紅瓷磚嵌著的一二三紅點，拿擲骰子來說，擲出么二三是要統賠的，如果改成四五六統吃，必定大吉大利。後來以粉刷牆壁為名，真的把么二三改成四五六，是否財源滾滾而來，那只有天曉得了。

內政部北洋時代叫內務部，雖然在各部會裡位列首席，可是內務部的窮，也是首屈一指的。

當時部裡有一司叫褒揚司，舉凡國家慶典忠孝節義的褒揚，都由這個司來辦。北平有錢人家遇到尊親大壽，或是父母之喪，總覺得能夠託人請北洋首腦頒賜一方匾額，才算冠冕光顯。可是那塊榮典之璽，是存在內務部褒揚司裡的，凡是有頭有臉的人家，遇到辦壽慶喪事，就會有人上門兜生意，談褒揚了。少者百兒八十，多者千兒八百，等談好盤子，由當事人寫個呈文到部裡，褒揚司往上一簽，選定日期寫好匾額，一座綵亭，一堂清音，由司內派人押著綵亭往當事人家裡一送，還要擾本家一頓八大八小的酒席。酒足飯飽回到司裡，就等著月底分褒揚費了。

所以，內務部有時欠十個八個月薪水，可是褒揚司就比別的司處強得多了。凡是部裡同仁，沒有一位不想往褒揚司調的，可就是擠不進去。

內務部還有一個附屬機構，叫壇廟管理處，是比較有入息的。所有北平的庵觀寺院都屬他管，諸如天地壇、日月壇、先農社稷壇、三海團城、三大殿、玉泉山，頤和園也歸處裡管轄，有門票收入當然就不會欠薪了。內務部的衛生署，彼時既不取締密醫，更不查禁偽藥，每年除了種種牛痘，打打霍亂預防針之外，可以說是冷而又冷的衙門。可是在衛生署成立之初，居然有輛紅牌六零六號汽車（當時政府機關汽車都是紅牌）因為汽油無所從出，也就棄而不用，後來因為壇廟管理處經費充裕，就把六零六號汽車撥給廟壇管理處使用。當時處長惲寶懿，是做過國務總理惲寶惠的堂弟，惲家在北平算得上是做官世家，自己家裡有汽車，自然不願坐汽車號碼不雅的老爺車，所以汽車雖然撥給處長，可是仍舊擱在部裡車庫，沒人去坐，不料反而引起一場糾紛。

當時內務總長是程克（仲漁），次長是王嵩儒（松如）。程那時正力捧朱琴心，這部汽車既然沒人坐，於是朱四爺就不時借來代步，汽油自然是總務司設法支應。可是日子一長，雖然不是節約能源，可是窮衙門財源不足，為了設法免費供應汽油，總、次長二人為了這部破車發生不愉快。國務總理高凌霨跟王嵩儒是兒女親家，於是程仲漁吃瘪掛冠而去，報紙上把這件事繪影繪聲，登了兩三天，成了街頭巷尾你說我道的政海趣聞。

民初北平一共有平奉、平浦、平綏、平漢四條鐵路。平奉、平浦共用一個火車站，位置在正陽門以東，叫東車站，平漢在正陽門以西叫西車站，平綏在西直門，就叫西直門車站。雖然平綏鐵路最短，交通線又是地瘠民貧的西北，客貨兩運都不太多，但只要通車，因為局面小、開支輕，還勉強維持。最慘的是平漢鐵路，路線既長，經過省分又多，總局設在東長安街，靠近王府井大街，人員眾多，開支浩繁。另外，設在漢口的辦事處，更是富麗堂皇，在漢口算是一等一的大機關，可是一遇上軍閥割據，內戰一起，不但鐵路是柔腸寸斷，而且挖鐵軌、徵車皮、劫車廂，把平漢鐵路局的一點家當等於瓜分了，所以當時的平漢路局大家都叫他「貧寒路局」。

有一年薪水欠了六、七個月沒發，過舊曆年再不想點辦法，大家就真要罷工了。別人罷工不要緊，要是火車頭司機跟燒煤工一罷工，那連北平到石家莊這一段也沒法行車了。局長在情急之下，只有到交通部求救。

交通總長當時是吳毓麟，思來想去，被他想出一條生路。您猜是什麼好辦法？西車站在全線通車的時候，客運貨運非常頻繁，所以上下行車有四座又寬又長的大月臺。月臺是法國人設計監造，天柵柱架所用鋼鐵都非常地道，於是跟東交民巷道勝銀行一打商量，就拿車站鐵棚鋼柱做擔保品，一下子就借了八十幾萬現大洋，不但平漢路局饑荒解決，交通部藉此也沾潤沾潤，過了一個肥年。當時北洋政府之窮，您說到了什麼程度。

北洋政府有個機關叫平政院，其實軍閥時代槍桿就是法律，可以指揮一切，還談什麼平政不平政。這個機關，既然無足重視，自然列入閒曹。

有位湖北人方子明行四，跟黎黃陂有點姻親關係，所以東一個兼差，西一個兼差，一人身兼數職，在平政院是僉事上行走，在農商、交通、鹽務署都有兼差。有一天平政院秘書處總務秘書通知：「同仁方僉事子明病逝醫院，妻病子幼，即將扶櫬還鄉，不及舉行喪禮，同仁如有致送奠儀者，請交某某人代收。」

彼時大家都因領不到薪水，個個鬧窮，可是人情味還是挺濃厚。普通份子六毛，有交情也不過一塊到兩塊，如果送個五塊或十塊，那就是特別的大份子了。方四爺的喪事，既然秘書處有人代為張羅，把份子往秘書處一送，領份謝帖就完事大吉了。

過了幾個月，有一天剛擦黑兒，在中央公園沿著後河露椅上，有人看見方四爺跟朋友又說又笑，正在聊天。這位朋友看見方四爺的同事，越看越毛咕，不敢上前，幸虧有另一位同事也打這兒過，兩個人乍著膽子，往前一湊合，果然是活生生的方子明，他倆大叫一聲方子明復生，才把方四爺的話頭打斷。兩位同事細一追究，敢情方四爺半年前鬧了點饑荒，想來想去，求人不如求己，乾脆在平政院報病故。倒不是跟大家打秋風，因為當時一般衙門，有個不成文規定，不管怎麼窮，一旦同仁在職病故，死者為大，所有生前欠薪都要設法發清，碰上慈心主管，還能弄點撫卹金。當時公務員都有三份兩份差事，找欠薪多的衙門來一個在職病故，不但可以撈回一筆整錢，比月月拿個三兩成薪水，那可強多了，方子明一划算就這樣報病故了。

這兩位同事一聽，原來如此，當然不甘心給活人送奠敬，於是敲了方子明一個小竹槓，在來今雨軒每人來一客一塊二毛五的西餐，同時答應給他保密。可是久而久之，方子明活死人的綽號，還是傳揚出來了，您想想，四、五十年前的公務員可憐不可憐。

財政部所屬在白紙坊的印刷局，算是財政部以下最闊的機關了，雖然中、中、交、農大四行和小四行（**大陸、金城、鹽業、中南**）的鈔票不一定交印刷局印，可是郵票、印花、各省銀行市官錢局的鈔票銅子票，以及政府公債、銀元模子，都是印刷局承印承刻的。不管是奉派、直系、安福系，哪一派，誰當了財政總長，要把印刷局首先拿過來，派自己人當局長。有人說，大柵欄同生照相館一換政要大相片，跟著印刷局局長就要辦移交了。雖然是一句笑話，可是事實也真是如此。

印刷局雖然是個肥缺，可是同仁薪水照樣一欠十個月八個月，因為新任局長一到差，介紹函履歷片就像雪片一樣紛紛而來。當時各機關只要一換首長，大小職員就都得回家蹲著等派令，新派令來了，您再上衙門請見，聽候指派新職，如久等沒消息，您這份差事就算吹啦。所謂一朝天子一朝臣，真是一點也不假，哪像現在公務員，經過銓敘都有保障，不管換什麼首長，只要本人不貪污不出錯，就是天王老子其奈我何。有人說現在首長是住飯店的客人，一般職員反而像旅館的主人，天天送往迎來，你走我不走，真是形容得一點也不錯。

印刷局的文牘員、營業員沒有限額。凡是推不開的人情，甩不掉的大帽子就往下派，同是文牘員，有的手諭上註上一個「伙」字，有的就不註。伙食費不論薦委，一律每月十七元，雖然數目不大，可是凡是領伙食費的人都可以按月領薪水，年終分花紅。您要是列在不發伙食的範圍之內，也許一個月領二三成薪，也許薪水一欠六、七個月，那就說不定了。

談到年終分紅發獎金，在臺灣的公務員恐怕連聽都沒聽過。一過祭灶，局長就叫總務廳把職員錄送去圈選。選定後，交秘書列單逐一召見，除了說幾句慰勉話之外，致送固封信封一個，內中有局長手批致送本局印製日曆若干份，最多的有五百份，最少也有五十份。如果要日曆，那您到倉儲課去領，您如果打算自己留幾份，其餘轉讓，那就有南紙店的夥計闔上來了。

這種印製精細的故宮古物日曆，市面上是賣兩塊大洋一份，您賣多少份，他們就買多少份。每份一塊五毛，您要是批送三十份，那就是四十五元，照最起碼的職員待遇核計，差不多就是一個半月年終獎金了，您說新鮮不新鮮。

民國六、七年到十一、二年是北洋政府最艱窘的時候，大大小小的機關，或多或少都有欠薪，所幸差不多的公務員全有一兩處兼差。到了月頭上，這兒發三成，那兒發兩成，湊合湊合也有一、兩百塊錢，彼時生活程度不高，物價便宜，大家照樣可以遛遛公園、摸上八圈、吃吃小館、打個茶圍，仍舊其樂融融。遇到逢年過節，有幾個好事之徒，一起鬨，大家一吆喝，成群搭夥往財政部一請願，所以當時的公務員讓新聞界送了個尊號叫「災官」，到財政部請願的專名詞叫「坐索」。形形形色色，各盡其妙，後來為欠薪還發行一次公債，發公債抵欠薪，於是有些人手裡存著不少這種公債，等到民國十六年北伐成功，全國統一，當然這種公債就變成廢紙了。

筆者好友海陵袁曲孫先生，手裡這種公債很多，加上他還存有俄國的老羌帖、德國的老馬克，一共好幾皮箱。有一年過年，他忽然心血來潮，把公債、羌帖（舊時中國東北地區對帝俄紙幣的俗稱）、馬克一古腦兒拿出來當壁紙，把整間書室糊起來，請息侯金梁用甲骨文寫了一個「金屋」的橫額，在金屋裡請大家吃春酒。名小說家張恨水俏皮地說：袁曲孫闊起來富可敵國，窮起來一文不值，說起來也算是一段災官佳話呢。

總而言之，北洋時代公務員的酸甜苦辣，五味俱全，如果跟現在的公務員來比，那可真是馬尾拴豆腐——提不起來了。

想起了老君廟

上個月，《錦繡河山》節目講到了西北的老君廟，特地請採礦專家董蔚翹先生，把老君廟石油城開發或西北油田，從甘肅油礦籌備處，一直到探勘鑿井出油成立甘肅油礦局為止，董先生都有很詳細的敘述。我現在把老君廟的風土人情，以及我們在臺灣意想不到的事來談談。

從甘肅酒泉出發去老君廟，是要經過萬里長城最西邊嘉峪關的，長城雖然年久失修，有的地方崩坍倒塌，可是嘉峪關高寒磔豎，城廓巍峨，朝霞夕暉氣象萬千。站在關上眺望，關裡關外，雖然僅僅是一牆之隔，關外是極目蒼茫，黃沙無垠，既無人車鳥獸，更無花木疏林，就像一葉孤舟，處身流沙瀚海。西北有一首民謠：「出了嘉峪關，兩眼淚汪汪，前面一片海，後面一座關。」任憑你是意志多麼堅強的人，一邁出關門，都有前路茫茫，空虛寂寞的感覺。

在嘉峪關城牆外邊，有一堆三尺高的大大小小的石頭子，據當地人說，凡是出關的旅客，都喜歡先到此處城牆上擲幾塊石頭子，當卵石從空中滾到地面的時候，石頭子會發出像燕子吱吱的叫聲，假如沒有燕子叫的聲音，就表示此行不太順利，甚至於再進嘉峪關多半是仰面還鄉啦。因此出關的客商，十之八九都要跑到城上扔幾塊石頭子來試一試，說穿了塞外風高，卵石相撞，自然發出回音。您別看這一堆不起眼的亂石頭，不知譜出了多少出關人當時沉重的心聲呢。

甘肅一帶，離海遙遠，東面祁連山是雲橫山嶺，交通阻隔，除了隴南每年有少許雨量之外，其他地區有時終年不下雨，整天颳風沙，就是耐旱的草木，也沒法兒生長。老君廟的甘肅油礦區，雖然想盡了各種方法，打算把礦區綠化，種了一些耐寒抗旱的樹木，雇了若干專人，經常施肥灌溉，過了重陽還要拿馬糞麥子稈，將樹枝樹幹，一齊包紮起來，那種勤慎呵護，真是視若上苑的瓊枝玉樹。等到春風解凍，節近清明，才敢脫衣卸甲，讓那些柔枝弱草，承受點朝陽夜露，就這樣噓寒問暖，仍舊枝葉稀稀落落，像一把用舊了的雞毛撣子，可憐兮兮的隨風擺搖。礦上機電工程師最早是靳錫庚先生，有一天他半開玩笑的說，礦裡大量出油可能為期不遠啦，可是要把礦區綠化美化，到民國一百年，還不知能否達成這個目標呢。這雖然是句笑談，但是也可以看出，在老君廟一帶栽植花木，是多麼艱難。

談到西北人民的生活，由於自然環境條件太差，農產品稀少，物資又特別缺乏，衣食住行，一切生活境況，不但比不上長江流域的人，就是跟直魯豫一帶人民來比，也要差著一大截呢。男女老少每人一件白碴子羊皮襖（**沒有上布面的皮桶子，可不像怪俠歐陽德反穿**），白天當衣服，夜晚就成了被窩啦，一年四季都是這件破羊皮襖。當初有位宦遊西北的官兒，怕內眷吃不了那麼荒寒的苦頭，所以久久沒有接眷。想不到這位太太把事想歪了，以為老爺在外秘密走私金屋藏嬌，這位官員倒也風趣，在無可奈何之下，寫了幾段似詩非詩，訴說塞外苦況叫「七筆勾」的詞寄給太太，其中說到穿衣服是：「沒面羊裘，四季常穿不肯丟，冬帽尖而瘦，棉袴大而厚，綢紗用不著，白布染黑油，黏羶又腥臭，被襖何曾有，因此把綾羅綢緞一筆勾。」這位官眷看了這首詞，再跟去過西北的人一打聽，果然不假，才打消了隨任的念頭。

講到吃喝，日常雜糧是主食，要是吃麵條包餃子，那就是吃犒勞啦。大蔥、大蒜、辣椒，都是每餐的必需品，甭說魚鱉蝦蟹，離海太遠簡直是少而又少，就是白菜、冬瓜、韭菜、茄子一類普通菜蔬，也是視同珍饈。在當地里肌肉汆黃瓜、肉絲炒韭黃都能上酒席，可是來個燒烤黃羊子、紅燜駝峰，在大陸酒席上列為名菜，這在老君廟反而稀鬆平常了。尤其駝峰簡直是一兜兒肥油，令人沒法下嚥，可是當地賣力氣的朋友，都是整塊肥油往嘴裡塞，據說駝峰的油不但耐力，而且抗寒。有人形容當地吃喝是「奶茶進一甌，餅子蔥椒醋，鍋盔蒜下酒，牛蹄和羊蹄，讓你吃個夠。」

講到住處，因為天氣太冷，颳起黃沙來漫天蔽日，晝夜不停，所有的房子，雖然都是磚石建造，可是屋頂，十有八九都是塗泥輾光壓平，家家屋頂全都打掃得乾乾淨淨，婦女們可以在屋頂上一邊晒太陽一邊做活計，孩子們可以擺張桌兒做功課，也能彈球踢毽兒，蹦蹦跳跳的玩。因為每家房子都是平頂，你到我家串門子，我到你家閒聊天，你來我往大家都可以高來高去。剛一去到的人，總覺得自己的家像不設防的城，太不嚴緊，可是久而久之也就習慣了，這也是當地特殊的風光之一。

至於說到西北一帶住窯洞，不但冬暖夏涼，有的窯洞內部軒敞清幽，氣勢雄偉，布置紓迴。有位豫籍宦遊西北的金開憲老先生因愛住西北的窯洞，致仕之後，就在老君廟附近住下來，他的窯洞以松柏做樑柱，以玻璃雲母來透明，那真是楹檻矞麗、蒼渾古拙，一入其中，塵慮悉消，無怪此公長住窯洞，樂不思蜀。有的大陸人挖苦西北住窯洞說是：「未雨綢繆，窯洞低窪盡土修，夏日難晒透，陰雨偏偏漏，土塊當磚頭，燈油牆上流，馬糞牛溲，腌臢腥且臭。」未免說得刻薄過分。可能那位先生，沒到過敦煌莫高窟千佛洞口以及豪門巨室華麗的窯洞，才把窯洞說得不堪。至於所說，腌臢腥且臭，因為西北人家都睡土炕，而薪柴缺少，大家把牛、馬、駱駝糞晒乾了當燃料，那股子味道確實讓人受不了，那倒是一點都不假。

談到交通問題，地廣人稀，遼闊無涯，沙漠戈壁浩瀚冥密，所以西北在行的方面，似乎一直使用著原始交通工具。起旱（陸上旅行之謂）多半是駱駝，連騾子驢馬都不多見。在沙漠裡，駱駝食水都可以自己儲存，比騾馬得用多啦。有的地方需要經過黃河的汊子，灘多水急，沒法行船，於是有一種用牛皮做的筏子。這種牛皮筏子，好像也是西北一帶所特有的，把整頭牛切除牛頭抽骨去肉，先是用風箱，後來用汽筒灌足了空氣，多少隻牛皮用繩串在一塊兒，上頭鋪上木板，就成了平平坦坦的牛皮筏子啦，就是觸礁刺破了一兩隻，也不會立刻發生沉沒的危險。抗戰初期礦區的油，就用牛皮筏子裝運，後來礦區有個礦工叫賀維智的，他忽然靈機一動，既然是運油，皮筏子何必打氣，乾脆灌油，這麼一來每次運油量多了兩三倍，油的成本也大大大降低。所可惜的是這種牛皮筏子不能裝置動力，只可一瀉千里，不能逆流而航，到了下游，還要拖出水面，放了氣，把皮筏子摺起來，再背到上游，做第二趟買賣。

過了嘉峪關，有一條青雲公路，這條五六十公里長的公路，是專為甘肅油礦而修的，離礦區還有幾公里，就可以看見孤峰磔豎，巍峨插雲，四根碩大的水泥柱子，那就是老君廟礦區咽喉要道，同時也是象徵性的大門。任何進出礦區的行人車輛，一定要在檢查站登記，雖然是四面不靠孤零零的幾根柱子，可是從來沒聽說有誰敢偷關越卡，不辦出入登記的。

正對礦區大門是總辦公廳，左邊是來賓招待所——祁連別墅，來礦區的賓客，都得住在那裡，在當地來說，不但是設備完善，簡直是富麗堂皇啦。右邊是單身宿舍，又叫光棍營，光棍營有一句俏皮話是：礦區住三年，看見母駱駝也變成了長臉兒的美人啦。由此可想礦區的生活，有多麼枯燥。因為交通困難，環境特殊，生活枯燥，所以當局極力鼓勵員工攜眷來住，一方面在員工和眷屬的衣食住行教育福利事業特別重視，辦理得也就盡善盡美。除了自辦學校、醫院、牧場、農場、碾米廠、麵粉廠、磚瓦窯、陶瓷窯以外，還有一個供應社，那真包羅萬有，洋廣雜貨一應俱全，簡直可以說是個大百貨公司，並且還代辦理郵電業務。另外還有一個蔬菜部，比現在超級市場還要偉大，每天要從各區農場，以及到八十多里外的酒泉，把礦區好幾萬人所需要的油鹽、菜蔬、雞鴨肉類，都能按人口的多寡定量分配，像油、米、清水、燃料油一類東西，還能補給到家。

凡是來到礦區工作的員工或是眷屬，一經登記報到，就發給一本居住證，將來享受一切福利，就憑這本居住證了。雖然礦裡福利辦得那麼周到，件件都能替同仁設想，可是生活在塞外荒涼，好像另外一個世界，已婚的擔心子女將來教育問題，未婚的一想到自己的終身大事，更是繞室徬徨，恨不得飛離礦區，另謀發展。總而言之，在礦區的員工儘管生活安定，可是那種枯寂無聊、孤陋寡聞的環境，住久了誰也受不了的。

抗戰剛一勝利，礦上從上海來了一位新從海外學成歸國的李工程師，他是攜眷而來，太太是玻璃皮包、玻璃絲襪，先生是玻璃背帶、玻璃錶帶，竟然鬧得全礦區都轟動了。當時大家總想著玻璃那麼脆，怎麼能做皮鞋背帶？所以孩子們經過這個玻璃家庭的門口，總要往裡張望張望，就是大人經過時也少不得要多瞄兩眼，想瞧瞧這一對摩登夫婦。

老君廟到了冬天，只要冷著冷著一回暖，往天上看，只要西北角一發黑，準會下一場大雪，大雪之後，礦區運輸處可就忙啦。不但要掃除積雪，清理道路，最頭痛的一項工作，是雪霽天開，必定有若干人家的迎街大門、各屋的窗戶不但被雪封死，而且結冰，交通隔絕，沒法進出，只有請求運輸大隊派車支援了。被雪封凍的門窗，變得酥而且脆，用不得蠻勁，只有用水罐裝足了開水，挨家用熱水去化雪。

現在臺灣的哥兒姐兒們，每到冬天一聽說合歡山積雪盈尺，大家歡喜若狂，呼朋喚友背著雪橇，扛著冰鞋，連袂到松雪樓溜冰賞雪，堆雪人，打雪仗，那股子興高采烈的勁兒，真是令人羨煞。可她們和他們又焉能想到在我們中國大陸，隆冬苦寒的西北，下起大雪來，是什麼滋味兒。

老君廟一帶地勢是在海拔三千公尺以上，每年僅僅在四月到八月屋裡可以不必生火，大家可以舒散舒散筋骨，穿穿夾衣服，其餘的月份，簡直都是冰天雪地，過著縮手凍腳的生活。咱有位蘇州朋友席先生，平素就體弱怕冷，來到礦區工作，正好是已涼天氣未寒時，他老人家腳上沒離開過毛襪子，手上總戴著絨手套。那年又趕上特別冷，老君廟最低氣溫到過攝氏零下二十三度，冷得那位席老兄，不顧一切寫了一份辭呈，沒等批准，就襆被進關愣給凍得棄官而逃啦。

礦區有一次舉行同樂晚會，有一齣戲是《打麵缸》，戲裡的王書吏要用一把芭蕉扇，這一下可把劇務給難住了，找遍了全礦區，也沒有芭蕉扇，後來用馬糞紙畫了一把芭蕉扇給王書吏，才算交代過去。聽說有一次演話劇，需要一把破雨傘，整個礦區裡都找不著。由此可見礦區雨量稀少不說，簡直沒夏天，所以扇子也派不上用場啦。這個笑話，是凡在礦區住過的人，都聽說過。

另外還有一件頂有趣的事，據說凡是在老君廟油礦工作的同仁，如果在礦區病故，那時候還不時興火葬，都是七尺桐棺，雄雞領路，萬里關山，仍舊要把靈柩運回故里安葬。居然會有死者亡魂向活人托夢，還有亡魂附體，又哭又鬧，懇求礦務局發給護照，加蓋正式關防，在靈柩通過嘉峪關的時候當場將護照焚化，以便亡魂能夠順利過關，油礦當局為了安慰人心，也只有照發不誤。礦區有位文牘賀先生，平生最喜歡搜集奇文，關於呈請發給運靈護照的簽呈，他選擇了幾篇最精彩的收入他的《奇文共賞集》。據他說集子裡最精彩的一篇是太監身故，請賜還遺體（太監淨身後，切除物存宮為證），附葬的手摺，典雅畜麗，令人毫不覺得是一件見不得人的事兒呢。民國三十六年這位賀先生隻身來到臺灣，可惜他窮畢生精力搜集的奇文四百多篇，都來不及攜帶來臺，否則他那些奇文，出本專集，茶餘酒後翻翻，準能讓人消痰化氣呢。

南北看

民初在故都城南遊樂

凡是民國初年在北平住過的主兒，大概全都逛過城南遊藝園。民初有人在北平香廠萬明路蓋了一所六七層高的大樓，仿照上海的大世界，開了一個綜合遊樂場，取名新世界。京班先後由金少梅、福芝芳挑大樑，雜耍由白雲鵬當老闆。開張之初，車水馬龍，盛極一時，但是過了不到一年，因為白雲鵬行為不檢，勾引良家婦女，被判坐牢，以致生意一蹶不振，換了幾次經理人，始終開不起來，最後終於關門大吉。

當時有粵商彭秀康認為城南一帶，正在走向繁榮趨勢，新世界之所以賠本，第一是人謀不臧，第二是北平人保守，坐電梯、上高樓聽玩藝，心裡總有點嘀咕。於是彭秀康在香廠萬明路西南方買了幾十畝荒地，一部分蓋劇場、雜耍園子，一部分挖地築池，引水成湖，加蓋竹籬茅亭，野意盎然；另闢跑驢場、溜冰場，使得遊客，無論男女老少，一進園子，都能各得其樂。當時門票要賣兩毛錢，小孩免費，逢年按節，並可照票摸獎。過年時，頭獎總是火狐皮筒子一件；中秋節是月餅禮券一百元；端午節頭獎則是華生電風扇一台等等。日場十一點開鑼，五點散場，晚場六點半開始十二點散，如果看完白天，還想連看夜場，只要不出園子，仍舊免費招待。

園裡吃中餐有小有天、賓宴春；西菜有冠英，一客西餐僅四角五分；吃素菜有香積廚。不但物美價廉，而且各有各的拿手菜。小有天除燒四寶、羊肚菌為拿手菜外，包子餛飩，亦為一絕。冠英之鴨肝飯，是北里嬌娃特嗜品，而平劇場門前五香帶湯熱豆腐乾，文明戲場裡小販所賣的去皮甜橄欖、香爛滷牛肉，都是別具一格、百吃不厭的小吃。

談到平劇場，樓上兩廂是大包廂，可坐十人，每廂一元五角，晝夜按兩場算錢；樓下池子前排是小包廂，每廂一元，可坐四人；後坐兩廊，就不另買票了。京戲臺柱坤角，早期是金少梅、雲豔琴、金友琴、孟麗君，後期是碧雲霞、綺纖嬌、蓉麗娟、琴雪芳挑大樑。馬連良出科到福建唱了一陣子，倒嗆回北平，曾經在城南遊藝園唱開場，筆者就曾聽過他唱《借趙雲》、《斷密澗》一類老戲，那一段大概是連良最倒楣的時期。

當時在園子裡唱的，有一個叫郭瑞卿的坤角老旦，扮相清麗脫俗，唱兩口也頗受聽，不料把京師員警廳總監李壽金迷著了。李身軀偉岸，五柳長鬚，為當時有名的美髯公，只要郭瑞卿一上場，李就入座捧場，郭一下場，李就出園，風雨無阻，準時不誤。後來郭看破紅塵，皈依三寶，削髮為尼，李還給她置了一份廟產，了卻這段香火之緣。

名坤伶碧雲霞，貌雖中姿，但臺風冶蕩，風騷入骨，九城少年，備致傾倒。碧雲霞一齣《紡棉花》，九腔十八調，加上廣東戲的大鑼大鈸，大家都覺得非常新奇。有一位青年，正當碧雲霞在臺上大賣風騷的時候，忽然情不自禁，躍上戲臺，擁緊碧伶強吻不已，大眾因事出意外，全都目瞪口呆，幸虧臺上飾演張三的吳桂芬粗諳拳術，三拳兩腳，才把這位急色兒，打下臺來，碧雲霞因為遭此突來驚嚇，不敢再唱，不久就嫁了豫督寇英傑。勝利後，筆者在天津朋友家裡，遇見這位寇太太，閒話當年，緬懷城南往事，彼此都不勝今昔滄桑之感。

城南遊藝園，最能吸引人的，還不是髦兒戲，而是魔術團跟益世社文明戲。這兩檔子玩藝，共佔一個場子，早晚兩場，都是先變魔術，後演文明戲。魔術團由韓秉謙、張敬扶兩人分早晚班主持，配角有「小老頭」、「大麵包」，最受小孩歡迎。從城南遊藝園開幕，就是韓秉謙的魔術團，一直到園子關門，仍舊是他。一個變戲法的，能夠在一個地方維持了六年之久，實在不是一樁容易的事。

談到益世社，真可以說一句多彩多姿了，演正旦的有夏天人（電影明星夏佩珍的叔叔）、薛蘋倩、陳秋風、周婷婷，正生有胡化魂、李天然（後加入共產黨在武漢被槍決）、劉一新、胡恨生，潑旦有張雙宜、王慧影，丑角有江笑笑、王呆公、錢痴佛等人。所演文明戲，全無臺詞，即景生情，就能長江大河，澎湃奔放，甚至痛哭流涕，臺上臺下相顧唏噓。一時名門貴婦、北里名花，對於文明戲趨之若鶩。演員觀眾兼有行為欠檢者，於是五光十色，豔事頻傳。張恨水的《春明外史》，對於這一類事寫得很多，雖然不完全是事實，可是蛛絲馬跡，也不能認為他全都是胡說八道。此外園子裡雜耍場子也極精彩，京韻大鼓有劉寶全、小黑姑娘、張金環，梅花調有金萬昌，單弦有榮劍塵，快書有常澍田，巧耍花罈有佟樹旺，踢毽子有王永齡父女，抖空竹有李安泰，還有華子元的《戲迷傳》，喬清秀的河南墜子，奎星垣的八角鼓，「抓髻趙」的什不閑，常旭久的蓮花落，「張麻子」、「萬人迷」的對口相聲，郭榮山、徐狗子的雙簧，五花八門，可以說極視聽之娛。現在想起來，像這樣子一堂雜耍，可真應了古人一句話：「此曲只應天上有」了。

說到電影場，也是一絕，所演的片子，全都是若干本連臺大戲。我記得有一部《蠻荒異跡》，一共有六十多本，每期演兩本，一星期換一次片子，整整演了近十個月，才把這部片子演完，此外《寶蓮女》、《紅手套》、《就是我》等一律是大部本戲，一演就是幾個月，最奇怪的是這些片子在北平都是獨家放映，如果有兩本沒看，情節就接不上了。據說有位闊少爺，只要電影看脫檔，就趕到天津下天仙去補看一場，一時傳為笑談。

每年元宵佳節，城南遊藝園的花盒子、紗燈，也是轟動九城的玩藝。花盒子最多的有十一層，都是從廣東請來巧匠精製的，放盒子的架子，約五丈多高，用引線點燃，有戲齣，有燈彩，放完一層又一層，一個花盒子可以放四、五十分鐘，加上煙花火炮，足足放兩小時，這種壯大的場面，也是不經見的。說到紗燈，一律白紗黑框，筆者曾看過全本《西遊記》、《封神榜》、《紅樓夢》，手筆完全出自廊坊二條宮燈名手，跟臺灣現在宮燈上的畫，那簡直沒法比了。

大約民國十年的正月初五的晚上，大戲場正在上演琴雪芳、琴秋芳、胡振聲的《寶蟾送酒》，西樓忽然嘩啦一聲坍了下來，樓下散座恰巧坐著一位十六、七歲的燕三小姐，不幸被當場壓死。燕三小姐敏而好學，從來極少到遊樂場所的，因為到舅舅家拜年，被表兄妹勉強拉來。這麼一來可糟了，遊藝園第二天就停業，燕三小姐的棺柩，就停在戲臺上，天天請和尚道士唪經超度，足足七七四十九天，出殯的時候，還要園主彭家頂喪駕靈才算了事。經此事件，彭秀康再也無意經營，此一熱鬧繁華場所，從此就關門大吉。

在城南遊藝園鼎盛時期，前門大柵欄觀音寺一帶繁榮，漸漸移向香廠萬明路一帶，最顯著的就是八大胡同的清吟小班，陸續遷到大森里營業。素菜館的六味齋、新豐樓，把致美樓、泰豐樓的買賣都頂了；最妙的是觀音寺原來是鞋鋪大本營，自從香廠開了一家小吃素人鞋店，所有青年男女，都以穿小吃素人的鞋為時髦，觀音寺的鞋店，只有老年人才去光顧了。城南遊藝園給香廠帶來莫名其妙的繁華，不及十年，一霎時又煙消火滅了。民國二十年，筆者曾往憑弔，據當地派出所說，城南遊藝園一度改為屠宰場，現在連遺址都認不出來了。夕陽殘照，蔓草荒煙，真令人有說不出的感慨。

想起了天安門

天安門明朝叫承天門，到了清朝才改為天安門。聽說闖王李自成攻陷北平城，在午門前頭棋盤街一場大戰，天街御路有幾十塊雲白石條，很顯眼的新舊有別。浴血巷戰，血漬斑斑，浸入石板，怎麼刷洗總是殷然不退。等到清朝定鼎中原，順治要去天壇祭天，才把染有血痕的石條換過，所以御路上的石條有新有舊。

午門華表左右各有雄偉的神駿石獅子一對，右邊獅子肋下有一個中指粗細、五六分深的箭眼，四周還有燒焦的痕跡。故老傳說李自成進北平一共穿了兩箭，一箭射在西安門門洞直匾上，民國二十幾年筆者離開北平時，那枝箭好像還釘在那座直匾上呢。一箭是李自成一進前門，就祈禱上蒼，如果能登大寶，這一箭就射中五鳳樓上，不幸這一箭射中石頭獅子的肚肋。不管怎麼說，距離幾百公尺，一箭能夠穿石，李闖王的臂力，足可媲美李廣、養由基啦。

在元明清三朝，午門是皇宮最重要的第一道正門，門上有五座樓（**平劇裡的五鳳樓，大概是指這五座樓**）設有鐘鼓，要有重大榮典才能鳴鐘擊鼓。清朝對傳臚大典貼黃榜，極為重視，由內閣大學士、禮部堂官把黃榜從御案捧到雲盤裡。黃蓋儀從直出午門正門，將黃榜連同雲盤放在預先停放在午門前的黃亭子裡，儀仗前導，到長安左門外張掛，狀元進士們隨同看榜，順天府傘蓋儀從送狀元回府。這一套午門之前傳臚大典，遙想當年天安門門裡門外是多麼風光熱鬧呀。

還有一件巧事，北平城門雖然說裡九外七，可是從南到北一條正子午線上來說，是中華門、正陽門、端門、午門、北上門，把各門名稱簡化一排，正好是「中正端午北上」，想當初北伐成功我們最高領袖總統　蔣公就是端午前後到達北平的，您說有多巧呀。

聽老一輩人說，在庚子年八國聯軍進北平之前，橫盤街一帶房舍櫛比，有幾座大衙門都設在那兒。自從拳匪之亂，洋鬼子進城一把火才把那一帶燒個土平。後來何其鞏當北平市長，要把天安門廣場美化，由園藝專家謝恩隆負責從農業試驗場（**原名三貝子花園**）移來大批花木，原則是要做到天安門一帶永遠有四時不謝之花。所以從梅花、臘梅、桃、杏、刺梅，以及白丁香、紫丁香，不但種類繁多，而且名葩異種盡量栽植，每到花季，真是玄霜絳雪，香氣蓊勃，尤其白、紫丁香開時，盈枝燦爛，蜂狂蝶繞，婉約綺媚，耀眼迷離。當年袁項城二公子豹岑，賦性疎放，詩酒風流，他說喝酒一定要找一個宜於暢飲的地方，中南海雖然有個「流水音」可以曲水流觴，但是銅臭氣太重，是個雅中帶俗的地方。丁香花開，三五知好，提樽擡壺，在天安門內紫宸丹階花前席地，放言縱飲，花香酒香揉成一體，是俗中有雅。至於大雨滂沱，摳衣涉水，直趨天壇祈年殿，白玉丹墀看龍首噴流，有如萬馬奔騰，彷彿回天鐘鼓，連乾數觥，頓覺氤氳含吐，宇宙蟠胸，那種情懷，不是身歷其境的人，是沒法體會出來的。想當年天安門春暮夏初，人是懶洋洋的，花是中人欲醉的，凡是曾在天安門花叢裡徘徊過的人，可能都還有不能磨滅的印象。

北平的中秋

一年容易又中秋，一霎眼，明兒個就過八月節啦。人家說北平是純粹大陸氣候，春夏秋冬四季分明，該冷就冷，該熱就熱，不像臺灣一點準稿子沒有，忽涼（談不上冷）忽熱，碰不巧三十晚上要著單兒吃團圓酒，還許順著脖子流汗呢。

在北平一立秋，儘管晌午驕陽灼膚，可是一早一晚，就多少有點兒秋意啦。八月的中秋節，在北平算是大節氣，這時候莊稼剛忙完，天氣不冷不熱，各式各樣的水果，如蘋果、石榴、蜜桃、鴨梨、鴨廣、大小白梨、沙果、虎拉車（似蘋果而小）、大白杏、沙營葡萄、玫瑰香、棗兒、蓮蓬、藕，還有老雞頭（芡實）全都上市，真是鵝黃姹紫、嫩紅新綠、五光十色各盡其妙，不用說吃，就是瞧著也讓人痛快。北平管中秋節又叫果子節，可以說名副其實，一點兒也不假。

北過節嘛，大家小戶都得買點月餅上供，堵堵孩子們的嘴。其實說實在的話，北平所做的自來紅、自來白，還有提漿、翻毛月餅，雖然餡兒有山楂、玫瑰、棗泥、豆沙，種類倒不少，可是比起人家廣東月餅的蛋黃、蓮蓉、五仁、椰絲，可就差多了。有一年筆者在稻香村裝了一大盒蘇式酥皮火腿三鮮月餅，送給一位沒出過大城的老太太過節，老太太嘗了嘗可就說啦，好吃倒是好吃，怎麼還有肉餡的月餅呀？可見北平人有多麼老八板兒了。

一進八月，前門、後門、東四、西單，各處十字路口，兔兒爺攤子可就全擺上了。賣兔兒爺的大本營，集中在崇文門外花市大街的灶君廟，每年八月初一到初三是開廟之期，兔兒爺是零整批發要什麼有什麼。這種賣兔兒爺的攤兒最大可擺個四五層兔兒爺，最大的有兩尺多高都擺在頂頭一層，為的是大得醒眼，引人注目，以廣招徠。反正架子上的兔兒爺一層比一層小，另外有一種特別加工、一寸高的小兔兒爺，據說都是手藝人彼此爭奇鬥勝精心之作，不論模型、開臉、上色、貼金，都比大兔兒爺來得精緻細膩，尤其兔兒爺開臉後，臉上要帶十足的笑容，才算上品。筆者幼年玩兔兒爺，大大小小成箱論櫃，等中秋月圓，供過月亮禡，所有大兔兒爺一律銷毀，只有寸把大的小兔兒爺總要挑一、兩個最精緻的留起來欣賞。

兔兒爺的唯一原料是膠泥拌兒，而且不論大小，一律是三片子嘴，支稜著兩隻長耳朵，臉上經過描眉、油粉、點朱之後，真是有紅似白的，身上全是綠袍峨冠，外罩金盔金甲。每位長長兩隻耳朵，身後都插一面護背旗。想當年梅蘭芳首次在吉祥茶園唱《嫦娥奔月》，名丑李敬山飾玉兔大仙，他從月宮跳出來，跟吳剛開打，剛一亮相，臺下就來了個哄堂，因為李敬山的扮相，跟兔兒爺攤上的大兔兒爺一樣活脫，真能嚇人一跳。聽從前北平大北照相館經理趙燕臣說，北平有一位著名的敗家子兒，有一天到大北照相館拍戲裝照，指明要扮《嫦娥奔月》的玉兔大仙，這齣戲的臉譜是李壽山琢磨出來的，還特地把李壽山請來指點一番，才把戲裝穿好。可是大北沒有那根護背旗，現到綢緞莊買了幾尺黃綢子，剪成三角縫好，才把玉兔大仙的戲照拍成，後來大家都尊稱他兔兒爺。兔兒爺這個稱呼，在北平來說，不是什麼高雅名詞，這位大爺才知道自己燒包，以致燒出這個尊號來，可是後悔也來不及啦。這也是當年北平兔兒爺的一個小插曲。

北平人說：「男不拜月，女不祭灶。」所以過年送灶接灶，都是老爺們的事，堂客們一律迴避。可是到了供月，全歸坤道們忙和，家裡所有男丁，淨等著分果子吃月餅就行啦。供月一定要請一份月宮神禡，這份神禡，要到帶菜魁的油鹽店去請，最大號的大約有三尺多寬、四尺多高，用黍節稈兒紮好架子，再糊上印好的禡。上一層印的是諸天菩薩，下一層是玉兔站在丹桂樹下搗碓，頂上還插有三枝紙旗子。所用的供品，最主要的是素油成套的月餅，由大而小，最高的十一層擺在供桌上，像一座寶塔。什麼應時的鮮果，都可以拿來上供，就是各式各樣的梨不上供桌，因為梨離同音，團圓節最忌諱的是離字，所以不管什麼梨都不用來擺供。講究人家供月，必定有隻帶芽子整隻的白花藕，不用盤子盛，而用鮮花荷葉托著，雪藕中空，孔孔相通，用來上供，可以保佑學齡兒童七竅玲瓏，聰明睿智。家中如果有懷孕少婦，多半買一個西瓜來供，上完供讓懷孕少婦來剖，刀要從西瓜中間切狗牙，等西瓜對牙切開，數數刀數一共多少，單數生男，雙數生女，這種老媽媽論，現在也很少人知道啦。

此外給兔兒爺上供，有兩種必不可少的供品，一種是成把帶籽的雞冠子花，一種是帶枝帶葉的毛毛豆。玉兔公終年在月宮裡，孳孳不休的擣碓，雞冠花的籽可以幫助大仙提神醒腦，增強體力，等於人間喝硫克肝、吃大力丸。至於毛毛豆是大仙日常唯一的主食，當然更不能缺少了。

每家拜月禮成之後，大人忙著分水果、切月餅，焚燒紙禡那就是小孩們的事啦。紙禡一焚，剩下沒燒著的光黍節稈兒，每個小孩兒人手一枝，在院子裡互相追逐笑謔，你打我，我敲你。據說用這種黍節稈兒打屁股，就不會尿炕啦。

現在臺灣大家住的都是高樓大廈，有電梯的公寓式住宅，講究越高越好，涼風天末，仰望銀河，真有瓊樓玉宇高處不勝寒的感覺。什麼嫦娥奔月，吳剛伐桂，兔兒爺搗碓，自從人類登陸月球，證實那些全是人們的美麗幻想，根本沒那門八宗事，還拜什麼月供什麼月呀。有些老頭兒、老太太在大陸供了幾十年月，來到臺灣不供一下月宮，好像缺點什麼似的，可是陽臺只有巴掌大，也擺不下供桌呀，就算擺得下供桌，又上哪兒去買月亮禡兒呀。想一想還是算了，等以後回到北平，再好好供供兔兒爺他老人家吧。

中國最古老的禮券

最近財政部把每一公司發售商品禮券總額重新修訂，於是讓我想起從前北平最老的禮券席票來了。

北平早年人情過往，無論紅白壽慶，除了現金份子之外，都講究用席票，大至堂莊飯館，小到香燭切麵鋪都可以出票子。例如辦生日、辦滿月、娶媳婦、嫁閨女，到哪一個飯莊子開一張席票，都非常方便。早先用銀碼一兩起，就可以開席票，四兩以上就可以寫明是翅席一桌啦。喜慶事用紅紙開票子，素事一律用黃紙。

當年物價便宜，最高碼的席票，筆者只見過二十四兩一桌的燕菜席，那是難得一見的。後來改成錢碼，以東華門東興樓出的票子最硬實，到了民國二十年前後，也沒有超過二十八塊錢一桌的席面。席票正面都是用木板鏤製的精細寬花邊，恐怕別人偽造，所以花紋要多細緻有多細緻，而且每家不同。席票上方由右至左橫寫著莊館堂名，下方直寫憑票即付若干兩，或若干銀元，某種席一桌，左邊寫明出票的年月日，素票子則用黃紙或淺淡青或粉紙。在寫錢碼上蓋上本堂本莊的水印木戳堂記銀戳一大串，倒是非常顯明。要是喜筵紅紙蓋紅戳，紅上加紅有欠鮮明，於是在席票後面重複再蓋上一串，以昭鄭重。這種席票既不要官府核准，也沒有管理機構，全憑字號的信用。到了民國十幾年北伐成功，北平一些老住戶行人情，還彼此互送席票呢。

當時北平東安市場有一家叫楊本賢的鋪子，腦筋動得快，他家專門買賣各種席票，以及紅白事所用的綢緞幛子。席票票面八塊一桌的，用不了兩塊錢就賣了，反正這種席票，授受雙方，心裡有數，是串百家門的貨，誰也不會犯半吊子，真到飯莊子取菜來吃。北平西珠市口有個叫天壽堂的飯莊子，民國二十年倒閉，後來清理內外欠，據說論兩的席票，散在外頭的有十五萬兩之多，在當年來說，這個數目可就不小啦，十五萬兩銀子整年在外頭轉，一轉就是多少年，你瞧利有多厚呀。騾馬市大街有一家飯館叫賓宴春，也是以開席票起家的，有一年筆者在賓宴春有應酬，真有一位外鄉客人同朋友來小酌，吃完飯一算帳拿出席票來抵現，三說五說就跟櫃上吵起來了，後來經大家出來，說好說歹，結果讓櫃上吃點小虧，才算了事。

想當年人家做壽，送禮講究四色，多半是壽燭、壽桃、壽麵、壽筵。壽筵是飯莊子的席票，壽桃、壽麵是切麵鋪出的票子，壽燭是香蠟鋪出的票子，反正不管是什麼票子總是轉來轉去，絕無僅有拿票去兌現的。民國十四年舍間辦壽事曾經收到過咸豐年間的桃麵票，如果真想取桃麵，上哪兒找這個切麵鋪呀。

遇到朋友家辦白事，如果是泛泛之交，當年在北平送一份官吊也就成啦。所謂官吊，也是四色，香蠟紙箔，票子全都是香蠟鋪出的，因為錢碼小，反正是串百家門的東西，那就更沒人注意拿它當回事了。不過也有個例外，在北平缸瓦市大街有一家開了一、兩百年的老香蠟鋪，名字叫噚馥春，門口幌子是一座石頭刻出來的蠟燭，還帶蠟燭臺，連座子帶蠟燭約莫有兩丈來高，刻工還挺精細。久而久之大家都叫他大蠟家，那可是遠近聞名，如果您要提說噚馥春，反而沒什麼人知道啦。人家買賣做得可真正磁實，不但貨真價實，而且貨色特別齊全，別家買不到的香料，他家一應俱全。民國二十年他家特製除夕祭天香斗，要請一份就要二十塊錢了，淨是斗面小格子裡鋪的五顏六色各式香餅就有十來種之多，每層香座黏有五色精繪諸天菩薩、各式飛天、青獅白象三世尊的版畫，可以說走遍全中國也沒有見過這麼精緻講究的香斗。

說了半天大蠟家的香斗，還沒說他家出的官吊票子呢，他家出的香燭紙箔票子，凡是喪家拿到了，十有八九都是照票取貨，焚化自用，否則也要花錢到大蠟去買，北平市井流傳一句歇後語是「大蠟的票子——免打」，您就知道他家的買賣做得怎樣啦。像前面所說的富而好禮的席票，您做夢也想不到有這樣的票兒吧。

南北看

御苑深處話宮娥

閬苑深鎖，紅葉傳詩，大家對宮娥彩女在皇宮內院如何生活，都會感覺相當神秘而有趣的。明朝的宮女，一經膺選入宮，最幸運的自然是欣承聖眷，雨露霑恩；其次能夠賞賜近臣寵將，也可出頭有日；最慘的就是深宮沉寂，白頭宮女，長巷埋芳了。到了清朝，順治皇帝鑑於前朝之失，宮女及笄，准其出宮擇配，也可以說是清宮內廷一件德政。

清朝的宮女，全部選自旗族，由內務府董其事。宮女每四年一選，凡貧困旗族，家裡有八歲到十四歲的女孩，都可以到內務府申報登記，等到挑選時，由內務府通知初選。初選時，只要五官端正、行動敏捷、口齒清楚的，都可以名登初選，冊送入宮。複選是由皇后指派貴人、嬪、妃率領嬤嬤們主持複選，一經入選，就由內務府跟宮女家屬立契存證。

宮女進宮，第一件事就是剃頭洗澡，小姑娘跟小男孩一樣，從腦門到鬢角，一律剃光，等到十八、九歲，上人見喜，上頭關照可以把頭留起來吧！此後就可以把前劉海留起來，也就表示這個宮女聖眷漸隆，行情看漲了，大家都趕著來道喜稱賀。

剛選進宮來的宮女，最忌尿炕，如有月犯三次者，就須驅逐出宮。可是沒見過世面的女孩，進宮後所見所聞都是陌生的，整天過的又是緊張的生活，反而平素不尿炕的，到了宮裡也尿起炕來了。宮女是由嬤嬤們調教管理的，每天第一件事，是從脖子到臉上打粉底搽雪花膏，然後教導應對進退、宮廷禮儀。聰慧的，學習三個月就可以值班掌差了，能夠選上當差，就有月例（即工錢）可拿，拿多拿少那就要看自己的福慧和上頭的高興了。

宮女的家屬，每月准許進宮看望自己的女兒一次。我們逛故宮博物院，看見順貞門外甬道有一排又小又矮的屋子，那就是宮女會見家屬的地方。除了最得寵的宮女晝夜不離地伺候主子外，一般宮女並不是天天都出來當差的，有三天一次的，有五天一次的，大概越紅的，當值越勤，由每月當差的班次，也可以看出宮女的紅黑。宮女因為當值，過的都是緊張生活，動輒得咎的，所以輪到休班的時候，大都盡量輕鬆一番。最顯著的，就是早上起床後，搽把臉漱漱口就算，既不搽粉弄脂，更不描眉畫鬢，穿著也是隨便極了，要強的宮女學刺繡、寫字、書畫；喜歡玩的就打上紙牌了。

談到這裡，附帶一提的，就是目前最流行的麻將牌，在清宮裡是找不到的，逢到歲時令節，宮中頂多玩玩紙牌、趕老羊、擲擲昇官圖而已。至於清宮的紙牌，是蘇拉們沒事時候，自己刻板，自行印製的。牌分大中小三種，不但畫面清晰，而且絕不脫色，比起坊間製品，當然要細緻好看。偶然有幾副流入民間，大家都珍藏起來，捨不得使用，一直到民國二十幾年時，北平舊家，仍然有人藏有清宮紙牌的。

宮女開始當差，衣履、花粉和飲食都由內務府供給，另外每名按月發給月例，最低四兩，最高二十兩，此項月例，毫無標準，全憑上人見喜。例如正月月例，核定八兩，因為某一件事稱旨，下月可能升為二十兩，也有一件事有違上意，立刻月例由二十兩降為四兩的。其實宮女根本不在乎月例多寡，而在乎平日各宮的賞賜。到了二十歲左右，紅宮女要是奉旨准其梳兩把頭，賞穿花盆底的鞋子，大約就快熬出來了。梳上頭，再在宮裡侍候兩年，多半兒就可發放出宮，准其擇配。有的宮女出宮，大包袱、小箱子，真有比一任肥縣缺還豐裕的；至不濟的，也可以弄個三五百兩銀子。在當時成家立戶，有三幾百兩也可以算作小康之家了呢。直到中共執政之前，北平還有幾位老宮女，可是都已白髮滿頭、兒孫繞膝了。

關於小鳳仙的種種

南北看

最近華視製作的《小鳳仙與蔡松坡》國語連續劇，因為主題正確，導演手法細膩，所以深受大眾歡迎。

先師閻蔭桐知友汪菱湖，長於書啟，松坡先生旅京之時，曾代司筆札，每逢假日，輒來舍間，三五友好為詩鐘雅集，酒酣耳熱，每將蔡、小軼事，資為談助。蔡除凜然民族大義外，人極倜儻風流，而所為詩詞，亦跳脫綽約。當項城暗囑楊皙子、阮斗膽等人終日以選色徵花羈縻蔡氏時，蔡有七絕一首述懷：

女貞掩面怕求媒，三十羞顏未肯開；
若羨纏頭朱錦富，早經歡笑下妝臺。

詩以言志，此詩極為露骨，當時蔡身處危城，軍警環伺偵探密布之下，從不以此詩示人也。某日酒酣耳熱，曾將此詩隨口念出，汪暗中抄存，故此詩極少人知。

劇中稱小鳳仙隸北里雲吉班，汪告當時渠曾多次隨蔡前往小鳳仙處吃花酒、打麻將。小鳳仙先隸陝西巷雲和班，後轉百順胡同三福班懸牌，據梁啟超先生稱，三福班即芥子園舊址。予曩在故都，鑑於梁氏之說，曾往觀賞，屋宇軒敞，窗櫺隔扇，雕刻古樸、典雅，曲徑朱檻，別有情趣，梁氏之說，當有所據。至於雲吉班之說，曾遍詢熟於北里花乘諸老，皆稱八大胡同各清吟小班以雲字起頭，名班者僅一雲和班，電視所謂雲吉班想係誤傳耳。

松坡逝世，小鳳仙輓蔡「幾年北地胭脂」一聯傳誦南北，或謂此聯出諸樊雲門手筆。此老晚年隱居故都，詩酒捧角，乃其正課，賽金花之《彩雲曲》，即係樊老遣興之作，喜為英雄兒女添佳話，正此老拿手好戲也。

至於陶希聖先生說班子的穿短襖時不准穿裙子，那是一點也不假的。清末民初，裙子是婦女們的禮服，嫡庶之分，就在裙子上，遇有喜慶大典，正太太、姨太太，一眼就可以分出來。正太太都是大紅繡花裙子，姨太太只能穿粉紅、湖色、淡青等色的裙子，除非有了顯赫的兒女，大婦賞穿紅裙子才能穿，否則就算僭越，要被人笑話了。電視劇裡有幾次小鳳仙穿紅裙子自然是不合規矩的，還有幾次小鳳仙自己到蔡將軍公館去，照舊京當時習俗也是不容許的。古板的人家，堂子姑娘根本不准上門，就是條子錢、花酒錢，逢年按節班子裡人也不敢上門討索，頂多打電話給帳房，請求跟上邊回一聲。像上海每逢三節，堂子裡跑外到各公館裡去算堂差錢，在故都各官紳家是不會發生的，不過演戲有時要配合劇情，製造高潮，有時跟事實不能不有所出入的。

談到小鳳仙面貌風韻如何，說者各異其詞。天津《庸報》記者童軒蓀，彼時年少好弄，聽說隆福寺某照相館，存有小鳳仙照相底片，曾出重金擬購底片刊登《北洋畫報》，惜底片受潮無法製版，使一代名妓美醜之爭撲朔成謎，伊人秋水，徒殷遐想矣。

盧燕盧母

從前美國好萊塢有一個中國電影女明星叫黃柳霜，雖然演技不錯，可是有時她飾演的角色，兼或賣弄色情，有辱國體。後來出了一位關南施，拍了幾部電影，如《花鼓歌》、《蘇絲黃的世界》等，倒也轟動一時。不過關南施是在美國生長的華僑，洋味太重，加上婚變重重，逐漸也沒落了。繼之而起者是盧燕，聽說盧燕在好萊塢既拍電影，又演舞臺劇，是在美國加州洛杉磯巴莎迪那戲劇學校接受過正宗戲劇訓練的學士明星。

盧燕拍了一部電影——《董夫人》，不但馳譽中外，報章雜誌也一致加以好評。這部電影雖然看過的人都說好，可是筆者始終只聞其名，未看其片。去年香港邵氏公司有一部《十四女英豪》，盧燕飾老態龍鍾的佘太君，雖然周旋在群雌粥粥的眾香國裡，可是她淋漓耀彩，燦若丹霞，演技氣勢，在在都顯出她的光芒是技冠群芳、鰲頭獨占的。今年在臺灣上演宮闈電影《傾國傾城》，盧燕飾演慈禧皇太后，拋開劇情不談，盧燕在劇中，不論神情、舉止、口吻、儀容，在影劇界演母儀天下的西太后，說她不作第二人想，當非虛譽。

有人說當年唐若青在話劇《清宮秘史》裡演西太后是一絕，其實唐若青演西太后，只是威而穩，要是比起盧燕的言談動作來，似乎還差上一籌。筆者看完《傾國傾城》之後，曾經跟朋友說過，今年金馬獎，各位評審委員，玉尺量材，果真法眼無虛的話，本年度金馬獎最佳女主角給了盧燕，才是天經地義、名實相符呢。事實證明，當時余言實有所據。

前兩天偶然看到一本舊雜誌上，刊有一張照片，照片的說明是李冬真、盧燕母女合影。再仔細一端詳，所謂盧老太太李冬真，敢情就是五十年前在故都紅極一時的名鬚生李桂芬。在李走紅的時候，孟小冬尚未出道，當時北平坤角鬚生有「三芬」，一是張喜芬，一是金桂芬，一是李桂芬。喜芬唱汪派，搭鮮靈芝的奎德社，淨唱新戲什麼《一元錢》、《電術奇譚》一類，偶爾也唱齣單挑戲《哭祖廟》、《讓城都》一類的。金桂芬是一直搭金友琴、孟麗君兩個坤班的，金雌音太重，而且面貌庸俗，所以始終給人跨刀，沒有紅起來。

李桂芬在三芬之中最為突出，不但扮相淡雅脫俗，身材修頎瀟灑，而且嗓音高亢圓潤，所以頗受臺下聽眾的歡迎。在民國十三、四年，坤角在北平忽然大行其道，髦兒戲像雨後春筍，紛紛組班成立，彼時風氣尚未大開，不准男女合演，因之每個坤班都成了旦多生少的局面。

張喜芬、金桂芬那樣的鬚生都有人搶著要，像李桂芬這樣卓爾不群、德藝兼優的角色，當然更成為各戲班爭相羅致的對象啦。可是因為李桂芬一開始就搭琴雪芳的班，兩人合作非常融洽愉快，李是既重義氣，又講感情的人，所以無論哪個戲班的管事來談公事，重金禮聘，不管多厚的待遇，十有八九，她都回絕。到了實在推不開的，她必首先聲明，不能跟馬老闆（**琴雪芳本名馬金鳳**）戲班撞期。如果兩處真是磨不開啦，可得准她請假，否則公事免談。所以李、馬的合作，是貫徹始終的，一直到琴雪芳嫁給馬福祥，解散戲班，去做都統夫人，李才卸下歌衫，改名李冬真，到上海去定居，過她相夫教女的隱息生活。

樊樊山、羅癭公、趙次珊，都是喜歡聽琴雪芳戲的。羅癭公給琴雪芳編了一齣新戲叫《桃谿血》，打算請李飾戲裡的漁翁，可是被李婉拒了。李說當初跟琴雪芳合作言明不接本戲，大家不能食言，這齣戲因此就沒能上演。

有一年，趙次珊把崑曲《長生殿》改為皮黃，打算七夕上演，讓琴、李一飾唐明皇、一扮楊貴妃，既不是本戲，又不是新戲，料想李一定不會推辭啦。因為這齣戲，崑曲戴髯口，皮黃改為光下巴，就因為玄宗皇帝光下巴，李寧願事後向趙次老道歉，也不肯委屈將就，李的風骨峭拔，可見一斑。李雖然一絲不苟，可是梨園行的老規矩，到了年終歲暮，封箱反串戲仍舊是照唱不誤的。

有一年琴雪芳的戲班，年底在北平華樂園唱封箱戲，全體反串《翠屏山》抄家殺山。由李桂芬反串潘巧雲，琴雪芳反串石秀，琴秋芳反串潘老丈，李桂芬弟婦李慧琴是唱青衣的反串楊雄，唱花旦的金少仙反串海和尚。當晚紅豆館主的胞兄溥倫也在座聽戲，一聽這齣戲是趙次老特煩，溥氏兄弟本是昆亂不擋的高手，一時興起，當時給扮潘老丈的琴秋芳，編了四句抓哏的定場詩：「老漢生來八十春，養了個女兒李桂芬，得了一個孫子琴雪芳（讀如舫），招了個女婿李慧琴。」定場詩念完，臺上臺下笑成一團。此情此景，已過半世紀，將來盧燕返美，把這件事跟盧老太太談談，如果李冬真女士不十分健忘的話，可能還有依稀的印象。

冬真女士雅擅書法，寫徑尺大字，蒼勁雄渾，不像出自女人手筆。當時孫派老生時慧寶臨魏碑，很有幾分功夫，每貼《戲迷傳》，都是拿當場寫字來號召。李也不甘示弱，有一次冬令救濟義務戲，李貼《戲迷傳》也是當場揮毫，即景生情，寫了「痌瘝在抱」四個大字，現場義賣。藍十字會會長王鐵珊將軍，以五百大洋高價買去，救濟貧苦大眾，一時傳為美談。

李對交遊，極為審慎，雖然交遊廣泛，可都是書香門第、翰墨世家。所以耳濡目染，自然大方家數，有異恆流。後來李去上海定居，住在馬斯南路梅畹華家很久，梅家往來的賓客，又都是社會上的文士名流。盧燕在這個時期不但在平劇方面紮下極好根底，就是應對進退、待人接物，受當時潛移默化的影響更大。

這次華視國語連續劇，選定《觀世音》做劇本，聘請盧燕飾演觀世音，故事好，主角更好。料想《觀世音》之播出，一定是光芒四射，氣象萬千，轟動全國，那是毫無疑問的。

南北看

哀亞洲桌后陳寶貝

在東京舉行的第二屆亞洲運動會，榮膺亞洲桌球單打冠軍，第四屆雙打冠軍的陳寶貝，因為腎臟病不治，終於十二月二十一日在高雄去世了。陳寶貝的父親陳天助是老一輩的桌球名將，在臺北太平町開乒乓球房叫天天桌球俱樂部，她跟妹妹守殿，從小耳濡目染，加上天資穎異，見多識廣，凡是乒乓高手絕招竅門，她都能心領神會，朝夕規摹，攫為己用，在十五、六歲的時候，一般男性乒乓球高手，對她已經是望風披靡了。

她的祖母在日據時代，就在松山區一家工廠做木盤修理工，陳寶貝經祖母的援引，也進工廠做包裝工。那時候她參加全省性的乒乓球單打比賽，已經可以把冠軍篤定拿回來啦。

她的祖母有一次在工廠犯了一件不可原諒的錯誤，那時筆者正在那家工廠主事。依照廠規，應當開除，可是看著一個在工廠工作了三十多年的老人，我在左思右想之下，於是決定讓她立具悔過書以觀後效。這樣做一方面可以讓她保住飯碗，回到家去，也免得在兒孫面前，抬不起頭來。後來陳寶貝球技日益精進，各機關紛紛到工廠來拉角，打算用重金厚酬把陳寶貝拉走，包裝部門主管很想把陳寶貝升為監工員，免得被別家拉走，我認為包裝部門工人近千，如果驟然間把她提升，可能影響其他工作同仁情緒。如果主管部門能提出工作優良事績，當然可以提升，否則的話，她如果有高就，也只好請便。過了兩三個月，我到工作現場，看見陳寶貝仍然孳孳不息在工作，一問包裝主管，才知道某金融機構用重金禮聘，可是她的老祖母一定不答應。她老祖母說：「人家應把我開除而沒開除，讓我保持老面子，內心異常感激，除非我先死，或者長官調職，才能讓寶貝另飛高枝。」後來真是等筆者別調，陳寶貝才遵照老祖母的話轉到別的機關去工作。

陳寶貝在全國桌球比賽場合，認識了當時高雄桌球國手黃良雄，在兩人訂婚之前，陳寶貝還跑來問過我，跟黃良雄結婚如何。我當時告訴她，黃良雄是高雄聞人黃堯的公子，以家世說，是有名有姓的人家，不過黃良雄的性行學識怎樣，那就要妳自己去體察考驗了。不久她們結婚，卜居高雄，晨昏定省，很得翁姑的歡心，黃堯不願意陳寶貝在婚後，仍然參加打球，於是把高雄百貨公司三樓的高雄大旅社交給陳寶貝經營，直到百貨公司整個出售為止。

陳寶貝打球，長於短打快攻。年輕氣長，練習又勤，雖然每天在工廠工作八小時，可是每天下班回家，仍然無間寒暑練習不輟。她因為參加過若干次國際性比賽，據她觀摩歷練心得，她認為我們平素都不重視開球，其實開球犀利，在敵人悚於我們迅雷攻擊球技，先生怯敵心理，增加我們克敵的信心。我們中華民國是禮義之邦，國民習性保守，所以打球也是防多於守，搓多抽少，往往授人以柄，促成敵人攻擊的條件。日韓兩國乒乓球員，十之八九，都是一上場就採取猛攻的戰略，先寒敵膽，自然容易窺知敵方球路。遠拉近撥，攻敵致勝，她這個打球法，是她參加國際比賽一點心得。雖然事過二十多年，可是她的這個戰略，仍然是我們球壇上，應當體會的弱點。雖然這位球壇桌后現在已經謝世，希望球壇男女朋友，能夠三復斯言。

從小友想起了一段舊事

上次國畫大師張大千從美國回臺灣來過舊曆年，元宵節前夕，到臺灣電視公司去參觀，因為演清宮連續劇在螢光幕上轟動一時的「香格格」夏玲玲，也跟平劇名坤伶徐露、嚴蘭靜、郭小莊、姜竹華她們一塊在場接待。張大師對這位聲名大噪的「香格格」似曾相識，後來經人介紹，才想起這個刁鑽俊俏的女孩兒，就是《再生緣》裡飾演「香格格」的夏玲玲，大師一時心懷開爽，就在臺視接待室裡，欣然調彩濡墨畫了一枝素心蘭的扇面，題的是「一香千豔失，數筆寸心成」，上款落的是為玲玲小友寫。在此時此地，以授受雙方的年齡、身分、地位來說，用小友兩個字，可以說再恰當也沒有了。可是由於「小友」這個稱呼，讓我想起了五十多年前一段有趣的往事。

民國十三年，　國父孫中山先生在北平協和醫院逝世之後，將靈櫬暫移公園社稷壇正殿奉安，供民眾瞻仰致敬。彼時筆者雖然尚在求學，可是在黨務方面，還擔任一部分學運工作，因為治喪大典工作繁劇，人手不夠，所以筆者也奉派在靈前擔任一點工作，負責散發工作同志吃點心的飛子（早年北平有一種棉紙簽字紙條，憑條吃飯，叫飯飛子）。吳稚老當時也在殿裡招呼，他老人家衣履樸素，又說的是一口江蘇錫常一帶的鄉音，所以很少人跟他搭訕。筆者只管散飯飛子，工作比較清閒，他老人家可就跟我聊上啦。好在我錫常一帶的土話還能聽個七八成，所以到了用飯的時候，我們就結伴而行，到公園裡春明館去用餐。一張飛子規定甜鹹包子各兩個，雞絲湯麵一碗，要是中等飯量，四個包子、一碗湯麵，大概可以裹腹。誰知道吳稚老平日愛吃甜食，他那碟包子要去鹹換甜，茶房因為麵點都是一份一份配好的，不肯更換，兩個人說來說去，就是夾纏不清。當時筆者口袋還有十多張剩下的飯飛子，只要撕張飛子再來一份，問題立刻解決，當時年輕人做事只想到一人一份，不能亂來，於是把自己的甜包子跟稚老交換，飯後稚老摸摸筆者的頭說了句：「孺子可教也」，就蹣跚出園而去。

在　總理停靈期間，大家不時碰面，才知道此老就是鼎鼎大名的吳敬恆，他當時住在宣外南半截胡同江蘇會館。有一天筆者在廣和居吃完中飯，順道去江蘇會館看一看稚老，正好趕上稚老午夢初回，興致很高。聊著聊著，他從瓷帽筒裡抽出一卷宣紙，就給筆者寫了一副四言篆字對聯，上聯是「是有真宰」，下聯是「時見道心」的興到之作，那真是樸拙蒼勁，駸駸入古，等落款時候他寫了「魯孫小友正腕」。筆者當時可就愣住。稚老是江南人，可能不知道小友這個稱謂是清季相公堂子盛行時代，狎客對堂子裡相公詩酒酬唱的稱謂，那一發愣，稚老似乎有點發覺，一直追問，那時筆者年輕口直，就把當年小友這個稱呼給說了出來。稚老聽完哈哈一笑，立刻將寫好的對聯，一把撕碎，仍然原句再寫一副，上款改稱棣台，並且把我們彼此換包子吃的經過，以及稱呼小友換寫對聯原委，在對聯下方洋洋灑灑寫了有百多字的長跋來補白。後來這副篆聯張溥老、李石老都看過，都說是稚老興到的佳作，讓筆者好好保存，可惜三十五年倉促來臺，未能帶出，現在想起來就耿耿於懷。六十一年元旦隨勞軍團到金門，曾到稚老骨灰海葬處膜拜，人海蒼茫，時光彈指，稚老的音容笑貌，風趣談吐，好像相去不遠。昨日看見大千給夏玲玲畫扇題詩，想起了當年吳稚老這段故事，所以寫出來，用誌當年這段翰墨因緣。

沉泥掘窟瑣憶

大家一提東北的煤礦，總是說撫順煤礦怎樣怎樣，一則是撫順是露天煤礦，二則是勝利接收的時候特派員張華夫被共產黨戕殺了，所以撫順的煤礦就礦以人興，全世界都知道中國東北有個撫順煤礦。

勝利復員，資源委員會就當時的東北情勢，能夠收拾殘餘，短期開工生產的有阜新、北票、西安、本溪湖四個礦區，於是在瀋陽成立了四礦聯合辦事處，各礦分派管理技術人員前往接收，準備早點恢復生產。

北票煤礦，位於熱河省內，抗戰之前，是由英國人首先開採的，所以在機械設備、場礦管理、福利措施各方面都有一套辦法。雖然後來被日本掠奪經營，可是英國人那套企管辦法，日本人也覺得比他們高明，大致還能一仍舊貫，沒有太多的改動。礦區的總辦公廳設在冠山，另外還有兩個支礦。其中一個支礦叫三寶，經過地質專家、礦冶專家探勘的結果，說是煤脈不十分寬廣，而且是斷層煤，經濟價值較差，所以暫時停採。可是三寶的煤脈，要跟臺灣瑞芳等地的煤礦來比，煤層的寬長厚度仍然不成比例，就拿熱量來說吧，火力能相差一倍半左右。

據北票煤礦工務處處長俞再霖說，東北四礦好有一比：阜新煤礦出煤質量中上，像大家庭當家主事的主事少奶奶；西安煤礦像小家碧玉出身的姨太太；本溪湖煤礦像善體人意的慧婢；至於北票煤礦就像嬌生慣養的大家閨秀。照當時的產銷情形來說，俞再霖形容得可真是唯妙唯肖恰到好處。北票的煤，熱量之高，是世所罕見的，高達一萬八九千度，生火可以不用引火的劈柴，只要一根洋火就能把煤燃燒起來。北票出產的煤都是由葫蘆島出口南運，十之八九供應各大兵工廠煉鋼，說它是千金小姐，還真是一點兒不假。

英國人主持煤礦時候的總辦公廳是在南山坡，可以容納五、六百人辦公，地上都是高級拼花地板，暖氣的金屬爐片全鏨有極精細的花紋圖案。可惜勝利之後，殘暴貪婪的俄國人曾經短時期占領北票，凡是值錢器具財物，甚至龐然大物整台整座的機器，都被破牆裂壁的拉回去作戰利品。

北票礦區的總醫院也是異常龐大的，雖然迭經兵燹面目全非，可是聽一般在北票服務老同仁說，醫院在未毀之前，病床有一千多張，因為在民國二十幾年有一次礦坑大火，事後救出的傷患就有七八百人，所以後來醫院床位大事擴充。我們在憑弔斷壁殘垣的時候，遙想當年，他們所說的話，確實沒有誇大。

民國三十四年大家奉命到北票接收，當時礦區殘留的日本男女職工，以及老弱婦嬰，大約還有五百多人。日本婦女非常柔順，派在各辦公廳服務的職工，對於接收人員更是柔情綽態，環姿絕逸，於是發生了若干纏綿悱惻的桃色新聞。後來資委會命令礦工同仁對工作或美姬請擇其一，有一位柳副理以望六之年，已綰情絲，再讓他斷裾奪情，不但五中愧怍，而且意良不忍，毫不猶豫，毅然呈辭，翫然攜美，泛舟遨遊五湖去了。

北票煤礦接收不久，熱河戰事就連綿不斷，一會兒說共黨頭目李運昌部從長城各口直撲東北，已經選定熱河走廊，作為休養生息、整補裝備的地點。北票煤礦有自己的工廠可以修配輕重武器，醫務人員眾多，理療藥品充沛，尤其糧食給養堆積如山，更是他們奪取的主要目標。一會兒又傳說共黨跟皇協軍已經妥協，互為所用，說不定什麼時候，就許衝進北票撈上一票。工作同仁人心惶惶，礦警大隊更是草木皆兵、疑神疑鬼。處此情形之下，除了極少數同仁，到礦區原本就是攜眷來的之外，誰還有膽子接眷呀，大家都是光棍一條，每日三餐可就大成問題啦。

談到了吃，總務處當然是責無旁貸組織了伙食團。早餐每人一個雞蛋，煮蛋、臥果、煎炸悉聽尊便，稀飯盡飽；午晚四人一桌，雞鴨魚肉，六菜一湯，菜量豐足；晚上還有燙熱的老米酒管夠。可是吃了不到十天，看著挺好的材料，端上來沫沫丟丟的一碗，混灰的顏色，簡直像泔水，誰也不敢動筷子，於是大家就炸了營啦（哄鬧起來）。筆者素來食量小，早餐一蛋一粥毫無問題，中午對付一個饅頭，如果不飽就回宿舍吃個蘋果，也就算了。到了晚飯也不過點點卯，回到宿舍讓工友買了一筐雞蛋，每天清早有人出礦區再帶幾個燒餅擱著，晚上可以吃炒雞蛋夾燒餅當宵夜，聞風而仿效者有六七口子之多，大家思來想去，照這樣長久下去總不是辦法，於是大家提議改組伙食團。

選舉結果，這個伙頭軍就落在本人頭上啦。既然是眾人的事兒，人人為我，我為人人，只好打起精神來幹吧。當時筆者請了工廠的主任、車輛調度課長當總幹事，伙食費由礦方負擔，凡是單身同仁由礦方每月津貼東北流通券四千元，每月每人一級塊煤一噸，拿這些錢來辦伙食，照彼時東北物價來說，是足足有餘的。伙頭軍一上任，第一件事讓總務處先買關東冰糖鹼四十斤、洗面盆二十隻、毛巾二十條、本色粗布十丈。首先把飯廳工役加以訓練，規定所有工役一定每三天剪一次手指甲，每天要把指甲裡髒垢剔出，在開飯前檢查一遍。桌椅板凳，都泡鹼水洗得乾乾淨淨，原木不上漆的桌椅要見白碴兒，碗筷碟盤要沖洗乾淨拭乾。第二件事拜託工廠工人把飯廳全部裝紗窗紗門，廚房裡做一批大小鍋蓋，以一鍋一蓋為目標，另外利用工廠廢銅，做一批紫銅一品鍋。伙食團開張大吉，廚房飯廳，到處都潔淨無塵，做出來的菜都有鍋蓋，自然色是色，味是味啦。逢到星期二、五，每桌各加紫銅一品鍋一隻，原湯原汁又熱又鮮，從此大家都改變了以往一進飯廳就發愁的氣氛。後來如果有人請不帶家眷的單身漢打牙祭，都想法避開二、五兩天，因為伙食團的人，誰也不放棄二、五兩天的犒勞。後來有幾位有家眷的，自己不做飯也來請求搭伙啦，人頭份您能每月照繳四千元，我們也只好來者不拒，一律代辦。誰叫大家都是同甘共苦的同事呢。

參加伙食團同仁應領的煤誰都沒有領過，當時煤價是九千元一噸，後來物價波動，煤價一調整就是一萬元。我們這時把伙食團同仁應領未領的煤全部領出來運到錦州出售，把售煤的款項，分別在秦皇島、北平買了大批乾海味，準備逢到節日有慶典的時候大家加菜。

在本人到礦不久，奉令去北平公幹，限定陰曆除夕，一定趕回北票交差。幸不辱命，真是除夕掌燈時分才趕到礦區，只見飯廳裡燈火通明，鍋勺亂響，有三四十號廚師雜役，手忙腳亂，大包其餃子。每個窗戶外，都鋪著一領嶄新的蘆席，包好餃子，往窗席上一扔，您說有多冷，餃子敢情已經凍成冰蛋，餡子如何先不提，皮子足有銀元那樣厚，再大的肚量恐怕也吃不下十隻去。第二天早上一起身，大雪紛飛，皚皚的白雪，敢情下了一夜，想起昨晚特大號餃子，什麼胃口也沒有啦，乾脆大禮堂的春節聯歡團圓春酒也免啦。睡到靠近中午，忽然被鏟雪、推雪的聲音吵醒，大雪一直是激盪飛舞，愈下愈大，宿舍的門窗全部被大雪給封蓋、凍結，沒法開啟。十幾位工友正忙著掃雪開門，請我去參加團圓春酒呢！北票的大禮堂，本來是崇樓飛閣，巍峨高聳的，自從經過俄共的洗劫，所有禮堂上的「別拉汽」（東北人管暖氣管叫別拉汽）全部被拆走。勝利後，限於財力，只能擇要小修，所以大禮堂聚會只能用鐵火盆取暖啦。雖然大禮堂擺上三、四十個大火盆，又臨時砌了兩個大火池子，可是誰也不敢摘帽子、脫大衣。從廚房把菜端出來，紅燒肘子已經變成凍蹄。夾個餃子來嘗嘗，大鍋煮餃子外火內寒，肉餡凍成冰蛋還沒化呢，您說怎麼下嚥呀。

講到穿，有人說東北有三個地方最冷，一處是黑龍江，一處是齊齊哈爾，另一處就是北票。既然叫熱河應當暖和才對，怎麼反倒特別冷呢？您要知道雖然地名叫熱河，可是清朝皇帝夏天都要到熱河行宮來避暑，夏天特別涼快，到了冬天自然比別的地方更要冷點啦，何況北票又在金嶺寺的山區呢。

東北的老年人說，到了真冷的氣候，不管你外面穿的是羊毛衫、絲棉襖、各種長毛皮衣，貼身一定要有件棉背心，是小棉襖才能擋寒，起先大家都不信。有一次我因為有急事，要趕到支礦去，事務處沒聽清楚，只開了一輛火車頭來，我因為事情緊急，就跳上火車頭，讓車開行。當時我穿的是羊毛衫袴、絲棉襖袴、老羊皮袍、長毛絨大衣、皮帽、皮靴、皮手套，可是站在車頭，車行不到五百米，一陣風來，凜冽刺骨，冷得整個身體好像什麼也沒穿似的，跟跌到冰窖裡一樣。只好趕緊開進車庫加掛一節車廂，否則非凍僵了不可。

英國人經營北票煤礦時代，辦公廳都有羊毛氈厚地毯，勝利接收的時候，早被那些強盜擄掠一空，僅剩下光禿禿的水泥地了。一到十月，在辦公廳坐上半個鐘點，腳趾就會凍得麻木不仁，沒法走路，好像不是自己的腳，於是大家只好買點草墊子來當腳墊，雖然稍微好點，可是時間一長，腿腳仍舊冷得受不了。有人發明一種長統的厚氈靴子，靴底墊有很厚的烏拉草，又輕又軟，本地人管它叫唐古拉。大家穿上唐古拉辦公，兩腳才免於遭殃。東北勞工有好多腳趾不全的，據說都是凍掉的，我們幸虧都穿了唐古拉，否則現在也難保十趾無缺呢。

有一個同事叫張壽銓的，湖南長沙人，騾子勁十足。人家告訴他，三九天從熱呼呼有暖氣的屋子裡出到外邊，一定要穿上大衣，他偏不信邪。有一天他要寄封信，從辦公室一看外邊一百碼左右月臺旁礦裡自備的火車要開動，沒戴皮帽，沒穿大衣，撒鴨子就往月臺那邊跑，等回來之後，臉上發青，一屁股就坐在汽管子旁邊取暖，沒有五分鐘，就見他脖子往下一搭拉，身子也坐不住啦。同事一看情形不妙，七手八腳把他往沒有暖氣的玻璃甬道地下一放，寬衣解扣，用酒精擦胸口搓四肢，又灌了他兩口燒刀子，總算把小命救活來。當時如果再緩一步，等冷毒一攻心，張嘴哈哈一笑，成了南天門的曹福啦。這位張兄後來到長春公幹，硬是把腳趾頭凍掉了兩個他才服輸。

談到住，經理、副經理都住在當時所謂第一、第二賓館，拿現時住的標準來說，當然夠不上豪華富麗，可是在兵燹之餘的東北來說，設備方面，可稱應有盡有，算得上高級享受了。處長住甲級，科長住乙級，一般同仁住丙級。有些同仁因為沒帶家眷，一人住一棟大房子，晚上九點鐘一戒嚴，沒有口令連到附近人家串個門子都不許，反而找幾位談得來的同事一塊兒擠，說說笑笑其樂融融。

宿舍裡最妙的是浴室，以甲級宿舍的浴室來說，大約有八疊榻榻米大小，屋頂是尖的，據說免得積雪，雪若融化，流得也快點。洗澡盆的形式很特別，既非盆、更非池，而是圓桶形的陶缸，平地砌三層臺階，浴缸就砌在裡面。倒是冷熱水管俱全，熱水是後面灶上現燒的，缸裡還附有一隻載沉載浮的木凳，大概是準備給人洗累了，可以坐在凳上下沉缸底，露出脖子來喘喘氣歇歇腿兒。筆者東西南北也跑過不少地方，像這樣登階入缸，大煮活人的洗澡方式，還是破題兒第一遭。您要是出上三天兩天公差，回到宿舍想洗個澡再休息，那您必須算準日子告訴工友哪一天回來，工友頭一天就把灶火燒上三兩個小時，讓屋頂積雪融化流淨滴完，第二天燒水，您才能洗個舒服澡，否則屋頂積雪被熱氣一蒸，都變成汽汗水，一點一滴從天花板往您身上漏，冷熱夾攻，您不洗澡還好，要洗準得鬧回重感冒。調度科的科長張樂棣平素說話就挺幽默，他管浴室叫十字坡，他說《水滸》裡孫二娘黑店賣的人肉餡饅頭，想必都是經過這樣大煮活人的手續呢。

講到行，礦區四周都有通電的鐵絲網，等閒人不能越雷池一步，從總礦到支礦那就要坐礦裡的火車了，宿舍到辦公廳大家一律都是步行。

技術人員自然非下坑工作不可，管理人員十之八、九都視為畏途。筆者為了規劃核計成本，自告奮勇，下坑受尺（查勘開一新洞，需用多少炸藥等）。一到坑口，先把身上洋火、打火機一類易燃物品都得留在坑外，換上水襪子，頭戴礦燈，然後進入電梯。礦上電梯，可不像臺灣豪華大廈的電梯，簡直是個鐵籠子，電梯速度，用撳電鈴來分，承管電梯的工員撳了九次，是最慢速度了，電梯一開動，真是焱閃雷厲一瀉而下，比起當年上海華安大廈電梯（以快速出名）不知還要快若干倍，坑裡各處都是坑木林立，因為空氣稀薄，每人頭頂礦燈閃閃如同鬼火。大的坑道還可以通行大車騾馬，有的地方敷設軌道，還可以用元寶車裝運煤塊，碰上矮而狹的坑道，那就要連走帶爬不可。有時新煤道子開採，首先打眼放炮，空氣一鼓盪，碎石紛飛，煙霧撲來，幾乎窒息，說是人間地獄也不為過。出得坑來，必須先從頭到腳大洗一通，才能換上自己的衣服呢。

談到娛樂，最初逢到大禮拜（礦區每兩星期放假一天）請了兩次唐山落子、蹦蹦戲給大家開開心。聽得各位哥兒們，真是一個個直眉瞪眼，如醉如癡。唱一回戲，總有幾位明眸善睞、體貌豐美的女角失蹤，不兩天失蹤的女角又陸續出現了，好在一個願打，一個願挨，人家班主能裝得沒事人兒似的，別人何必多管這份閒事。

礦上的生活實在太枯燥啦，在陽盛陰衰情形下，看見駱駝都是長臉兒的美人，如果不想法把生活改善調劑調劑，容誰也待不住。於是，在眾謀咸同的情形下，成立一個平劇組織，有錢好辦事，立刻派人到北平辦了四蟒四靠的半份戲箱（全份戲箱是八蟒八靠），把當年由花旦改鬚生，在王鳳卿之前，傍過梅蘭芳的孟小茹請到礦上來說鬚生、花旦，外帶青衣，孟小茹的兒子孟之彥說銅錘花臉、勾臉帶管戲箱。唱青衣胡菊琴的父親胡老四拉胡琴，還管說老旦、小丑，票房一響排，這下兒可熱鬧啦，每天晚飯後，票房裡的鑼鼓絲竹、生旦丑淨，一直要鬧哄到十二點才能清淨。票房又設在宿舍區裡，不管會唱不會唱的，從來沒有聽誰抱怨說，吵得沒法睡覺，您說怪事不怪事。短短兩、三個月，居然能夠彩排登場，全本《法門寺》、《打麵缸》、《四盤山》、《瓊林宴》，連附近盟族幾位王子都趕到礦上來聽戲。在熱河省來說，像這樣京腔大戲，算是破天荒空前絕後呢。

有幾位愛好運動的，大家又組織了一個籃球隊，隊名叫碴子籃球隊，靠近煤層的石頭叫碴子，什麼用處也沒有，說白了就是廢物隊。您別瞧不起這個籃球隊，有幾位還膺選過省市籃球選手，出席全國運動大會。見過大場面的運動員，像隊裡謝九皇就是代表江西省參加全運的，這個隊雖然長勁不足，可是人多勢眾，每人打十來分鐘，個個有板有眼，滿像一回事真能唬人。有一次，約來熱河的省運選手比賽，居然把人家揍了個棄甲曳兵而走。籃球隊嘛，當然要有隊服，人家球隊外衣，多半都是雙料粗線大翻領厚毛衣；礁子隊的隊服，可新鮮啦，也不知是誰出的餿主意，白碴反穿老羊皮襖，腳下是搬尖大掖巴灑鞋，這副打扮，大概跟小方朔歐陽德的德行差不了多少，但是這套隊服還沒做好亮相，北票煤礦就被共產黨佔領啦，否則這個罵可挨大啦。

說是練武可以強身，礦裡也請了幾位武術老師，來教內家外家各派的中國軟硬功夫。不知是哪位仁兄，請來一位教氣功的老師，此公姓甚名誰，因為事隔三十多年，一時可想不起來了。凡是身體虧弱的都能夠練氣強身，轉弱為強，您要想練氣，首先要摩挲一遍你全身筋絡，認定你確實身體虧弱，才能加以施教。筆者當年年輕好奇，曾經跟兩位同事許元浩、陳叔謙一塊兒請他按摩研判身體到底怎樣，可惜沒有緣分，我們三人經他研斷都是精力充沛，無庸施教。職工處有位袁專員，經他一檢查，認為是最宜練氣人才，立刻收列門牆，從此每天早上天矇矇亮就要到老師那裡練功，一入手是師傅把他大腿根兩條主筋揉擠，大約要行功半小時來鬆筋舒絡，十天過後，開始用網袋放兩塊砂磚繫在下體上，丹田用力一吸氣，慢慢能把砂磚吸動，漸漸離地，袁君練了半年，一提氣能吸起十六塊青砂磚來。聽說現在臺灣也有練這門功夫的，不知道是不是跟北票那位師傅同一流派。

北票的工人本來是每月發工資一次，從每天出煤一百多噸，經大家努力增產，最高產量每天居然達到三千多噸，可是工人一領餉包，第二天的產量，馬上能掉下三分之二來，然後再慢慢一點一點地恢復。後來才知道工人的毛病：一有錢，有家眷的除外，凡是孤家寡人，必定是吃喝玩樂，狂嫖濫賭，不到口袋底朝天兩手空空，誰也不肯再下坑幹活。礦上有一小型風化區，一共有六七家綠燈戶，大約有二十來個姑娘，據說凡是屋裡有客，就把紅布窗戶擋兒拉上，可是您不管什麼時候從那兒走過，簡直很少看見過拉開窗簾的房間。後來財務處計算成本分析費用發現，醫療費用項目藥品中的德國獅牌六〇六消耗簡直驚人，本來嘛，處在僧多粥少情形之下，那時候還沒有盤尼西林，當然六〇六這一類藥材，自然是銷路暢旺了。後來凌源吃緊，礦裡聽說凌源有二百多名妓女，福利委員會趕緊派了一位姓佘的小伙子，愣是開專車把她們掃數接運到北票來。礦工的蓋仙，給姓佘的起了個綽號「活人濟世佛」，您說逗不逗。

礦方鑑於工人一發餉，出煤量就像鬧瘧疾一樣忽多忽少，影響整個生產計畫，於是改成十天發一次，情形真的就漸漸好轉。可是東北流通券也越來越毛（貶值的意思），最大票面就是十塊，始終沒出百元大鈔。記得北票淪陷的當月，筆者領了薪金，自己都沒法拿，要讓工友來扛回宿舍去。當時熱河只有一個華興銀行，還是在承德，距離北票又遠，北票發一次餉，要一兩億，華興銀行也周轉不過來，所以一個月要跑三、四趟錦州中央銀行提取現鈔。銀行的規矩，鈔票是要當面點明，不算後帳的，請想一兩億的十元鈔票往櫃臺外頭一扔，您就是去上十位八位也沒法點呀，只好一百萬一捆，點點捆數而已。所以等回到礦上一點，少上三五百萬那是稀鬆平常的事，後來鬧得出納課一位包課長說什麼也不敢到錦州提款啦。筆者逼得沒辦法，只有親自出馬，去趟錦州，想個補救辦法。幸好錦州銀行經理是筆者的同學，杯酒盡歡之後，請來銀行專人代為複點，才發現有些商家大筆款項解到銀行的時候數目就有問題，倒不是銀行耍什麼花樣。勝利之後，東北流通券錢一貶值，大批款項誰也懶得點數，以少充多的現象所在多有，當時在東北待過一陣子的朋友，可能都還記得吧。

在北票還聽說一件活靈活現的事兒，您要說是假的吧，誰肯摔了飯鍋，亂造謠言。有個叫郭正賓的工頭，是專門管坑口收點運煤斗子車的，他是每天一清早最忙碌，所有頭一天堆在坑口的空車，都要一輛輛順著軌道推到存車場去。忽然一連幾天，每天早晨去推車，車是一輛跟著一輛都整整齊齊排在存車場了。他雖然奇怪，可是沒跟人說出來。有一天他忽然夢見一個似曾相識的壯漢，來到面前說：「我叫郭賢，這兩天坑口的車，都是我給你設法弄到存車場的。前年秋天我在第六區挖煤，坑道忽然崩坍，我被壓在支柱底下啦，因為坑道太長，我試了許多次，靈魂到不了坑口，因此始終沒法脫生。您的體力壯旺，拜託您到第二工邨我的家裡，跟我媽要我生前穿的一件貼身短棉襖，再拜託您帶著香燭黃表紙，到我被壓的地方，點上蠟燭焚紙燒香，把棉襖鋪在地上叫我名字，捧著棉襖，點著香，別回頭，一直叫出坑口，我就可以往生啦，您可就積了大德啦。」郭頭兒聽郭賢說得有鼻有眼的，醒後跟人家一打聽，果然前兩年確有其事，只好照辦。他捧著棉襖，在陰森坑道裡，一邊走，一邊叫，越走心裡就越怵，等一口氣叫出坑外，郭頭兒自己也嚇暈過去啦。事後想起來就駭怕，所以來算大帳辭工。現在二十世紀科學昌明，究竟是怎麼回事，確是令人不可思議，要說沒那麼八宗事，誰又能放著現成的事辭工不幹呢。

還有一檔子也是在北票時發生的事，當時礦上的礦警大隊每月發餉總是派一位叫陳仁銑的貼寫（早年司書叫貼寫）來領餉包，收據都是當場現寫，這位陳君寫的一手好毛筆字，不但清秀挺拔，而且頗有帖意。體貌是豐偉秀朗，談吐更有一種沖和的氣韻。筆者當時非常驚訝，在荒寒蔽塞煤黑子堆裡，居然有這樣一塊豐裁霜潔的美玉。晚上沒事，就時常約他到宿舍來談談，有一次酒酣耳熱，大家混熟了，他才吐露真情。說出他是燕京大學經濟系畢業的，再往深裡一問家世，敢情他是北平編劇高手陳墨香的少君（留香館主荀慧生的私房本戲，十之八九都是陳墨香給編的）。當時北平有四大編劇名家清逸居士專門給尚小雲編本戲，吳幻蓀傍著馬連良，戲曲學校的新戲，都是翁偶虹包辦，再有一位就是陳墨香啦，陳仁銑既然是陳墨香的公子，彼此的關係又近了一層。久而久之才套出來他在燕大念書的時候，因為喜歡看瞿秋白文章，後來就被共黨吸收。學校畢業後，「組織」派他到北票煤礦來潛伏，而且還娶了一個當地的大姑娘。抗戰勝利後，他看出共黨跟日軍是互相為用，專門扯中央軍後腿，破壞全國統一的，深感後悔，於是向政府辦理自首了。陳仁銑曾經跟我說過，共黨李運昌今天喊拿北票，明天說佔礦區，那都是虛張聲勢蠱惑人心的鬼話，您甭去理他。可是等到共黨一攻變電所，或者想佔水源地，那可就是真的準備進攻了。後來果不其然夜襲變電所，跟著大舉進攻，北票就被佔領了。

筆者幸虧早兩天到錦州洽公，託天之福，幸免於難，事後想起來，還不禁心悸。事隔三十年啦，午夜夢回，雖然沉泥掘窟幹了十個月，可是當年光怪陸離，驚心動魄的場面，會偶然在腦子裡上演。現在可能還有不少北票的老同事在臺灣，回想當年，大家是不是都有點兒低迴不盡的滋味。

閒話紅白事兒

來到臺灣差不多快三十年啦，每月總要接上十個八個紅白帖子，所以詳細計算一下，咱參加的大小紅白事兒，可真海了去啦。日積月累，什麼光怪陸離，不合窯性的事全趕上過，也許咱的思想太落伍了，有些事情實在瞧著不順眼。就拿紅帖子來說吧，咱曾經接到過一份男女雙方都是有頭有臉人物的結婚帖子，喜帖是特級加厚銅版紙，金字燙火漆，的確夠得上精緻漂亮，可惜帖子左上角印了「鼎惠懇辭」四個字，照字面上講，人家辦喜事不收禮，還能說錯嗎？可是咱在訃聞上倒是常見這四個字。至於喜帖上印「鼎惠懇辭」的，還是破題兒第一遭，話雖沒錯，但是總覺得有點兒彆彆扭扭的。

在大陸誰家辦喜事，請您去證婚，那您一定是位德高望重，社會上知名之士，或者是男女雙方尊為泰山北斗的人物。照規矩，您只要送賀禮喜幛一懸就夠啦，如果您跟本家私交深厚，那就另說另講了。帳房兒一看是證婚人送的喜幛，一定只留下幛款兒，喜幛退回，另用自備喜幛，別上證婚人幛子款兒，高高懸掛禮堂中央，因為這檔子喜事，您已經給本家兒幫忙添了光彩啦，哪還能夠收您的賀禮呢。

想當年證婚人是證完婚下臺就走，沒有等到禮成，跟大眾一塊兒入席大吃大喝的。證婚人不入席，本家兒可不能缺禮，跟著就是一桌酒席，或者是等值的筵席票，立刻送到證婚人家裡去，任憑人家怎麼處置，本家兒禮數盡到，就什麼都不用管啦。

在臺灣要是有人請您去證婚，那可災情慘重了。您送什麼，人家就收什麼，您送份金多少，人家就收多少。碰巧人家是慕名而來請您福證，您對新郎新娘的家庭狀況、學歷、工作攏總莫宰羊，辦事的人再一疏忽，沒給您遞個小抄，那您上得臺去，自然是「人倫之始，乾坤定矣，天地交泰，佳偶天成」亂蓋一通。碰上介紹人言簡意賅，主婚人簡單扼要，來賓致詞也能善解人意三言兩語鞠躬下臺，那就真要念聲南無阿彌陀佛了。假如碰上日干不順，介紹人是個碎嘴子，嘮叨沒完，主婚人致謝詞又過分周到細膩，再加上新郎新娘交遊廣闊，來賓一個接一個說個沒結沒完。雙喜字霓虹燈在腦勺兒這麼一烤，既然給人證婚嘛，當然是衣冠齊楚，不是藍袍子黑馬褂，就是西服領帶，等到司儀一喊證婚人退，您一鞠躬下臺，人都快烤焦了，就是魚翅燕窩美味當前，您還能有胃口嗎？

禮成入席，本家認為恭維大媒，把證婚人跟新郎新娘讓在第一桌同席，不知道是什麼人出的么蛾子（餿主意），把新郎新娘往首座上一攙，而新娘新郎也就居之無愧，大馬金刀雙雙昂然入座。跟著伴郎伴娘金童玉女挨著新人一邊一位，說是便於照拂新人，然後把證婚人往座位上一塞，當然再次就輪到介紹人啦，雙方家長反而坐了下首的主位。照禮說新人在結婚證書上一蓋印章，婚禮告成，雙方家長，一方面是泰山泰水，一方面是公公婆婆，如果說長幼有序，新人此時應當退居主位，對證婚人、介紹人表示謝意，對雙方家長首次婚後同席，也應當稍盡婦婿之道呀。可是現在婚禮，反其道而行之，以賓為主，以主為賓啦。新娘子穿著禮服拖拖拉拉的入席，當然非常不方便，換件便服入席敬酒，原本是無可厚非，可是愈來愈出格兒。一頓飯新人真有換個四、五套衣服的，要是存心耍派頭、擺闊綽，還不如把新娘嫁衣全部拿出來掛好，來個時裝展覽那有多好，一套一套的換有多麻煩呀。

辦喜事當然新郎新娘是主要目標啦，不分男女老少，凡是關係深、有交情、夠面子的諸親貴友，少不得都要來這桌上敬敬酒，這一來不打緊，這桌的客人可就慘了，一撥又一撥的來，全得站起來比劃比劃，您就休想消消停停吃兩箸子菜了。等新郎新娘各桌敬完酒，剛一坐下，有的性急客人吃飽喝足已經起身告辭，新人又忙著站到門口送客，這頓酒席您要是沒吃飽，那還是趕快回家找補一碗開水泡飯吧。

再談談辦白事的吧。辦白事訃聞的花樣最多，有人說沒有不出錯的訃聞，那是說多麼仔細，訃聞總會有點錯，可是也不能太離譜兒呀。訃聞咱見過最長的，是當年宣統的老師南海梁鼎芬故後，門生戚舊給他擬的訃告。往時還不興什麼治喪委員會，也沒有一來印上幾十上百個的治喪委員的訃聞，可是幕後出主意的遺老遺少也不少。他們把宣統賞賜給梁師傅的物件榮膺上賞，全部登入訃聞，小至端午節賞櫻桃桑椹，臘月初八賞臘八粥，真是鉅細靡遺，蔚為大觀。訃聞用蜜黃紙木刻版扁宋字，封套上用紅蓋藍的封籤，厚厚實實像本木版書，這是所謂正統的官式訃聞了，雖然夠冠冕，可是不算講究。要說訃文印得講究，那要算上海富商猶太人哈同的了，哈同的訃文不但是集南北訃文之精華，而且華洋悉備，措詞是駢麗怪語，兼而有之。至於後來敵偽時期，在北平去世的孚威上將軍吳玉帥的訃聞，雖然請了若干禮俗專家悉心研究才印發的，但是跟梁太傅、哈同的訃聞來比，仍然是瞠乎其後。

現在時常收到一種訃聞，開頭是先父先母，可是領頭出訃聞的是杖期生或者未亡人；開頭是先夫先室，領銜出訃聞又變成不孝男女或孤哀子女啦。這種首從不分的訃聞，可以說所在多有，報上也數見不鮮。子女出名的訃聞，印上「鼎惠懇辭」是喪家的謙詞，可算是悉中規矩，如果是死者子女幼小生活困難，由治喪委員會出面，在訃聞印上「花圈輓聯懇辭，如蒙賜唁請改現金充子女教育費」，諸親友貴友衝著死者，為了活著的家屬改送賻金，那是義不容辭的。可是現在居然有孤哀子女出名的訃聞，也印上「花圈輓聯懇辭」，您要是接到這樣一份訃聞，細一琢磨，您說心裡是什麼滋味。

現在還有一件特別事，就是父母去世子女都寫幅輓聯，懸掛靈前，老伴死啦也得寫幅輓聯掛掛。想當年南通張三先生季直故後，孝子張孝若寫了幾首哭父詩掛在靈堂，被一般父執們看見，愣把張孝若大訓而特訓。一個慘遭父母之喪，正時罪孽深重，不自殞滅，禍延考妣，語無倫次的時候，哪有閒情逸致，平平仄仄來作詩呢，你是狀元兒子，不能鬧這個笑話，於是立刻把張孝若有血有淚的哭父詩拿下來撤換了。現在能自己作幅輓聯哭哭爸媽的恐怕百不得一，這種事，要怪辦事人員不學無術，人云亦云，莫名其妙的胡來亂搞，馴至蔚為風尚啦。

臺灣禮品店，有印好輓幛、幛光跟上下款紙條賣的，印好的幛光當然不外是

「哲人其萎」、「福壽全歸」、「母儀足式」這一類的詞句，最特別的是有印「今之古人」的，咱在大陸沒見過有人用「今之古人」四個字的，跟臺灣各位碩學通儒請教打聽，也沒有哪一位說出個所以然來。還有祭幛下款，有用朱筆先寫上「陽上」兩個字，是否怕陰陽交通，三缺一請了去打四圈麻將，所以用朱筆寫上「陽上」以資避邪，同時表示陰陽路隔，咱們倆不來哉呢？

咱小時候上書房念書，老師先教作對子，然後慢慢學著作喜對、壽聯、輓聯，順序漸進。等學作輓聯，第一先告訴你，上款的稱呼活人的名字不能上輓聯、輓幛，如果是位平輩的堂客，姓什麼就寫什麼嫂，可不能把亡者先生的台甫某某仁嫂也寫出來。咱有一次參加一位銀行經理夫人的喪禮，居然看見一幅輓幛，上款居然寫著「某某經理夫人千古」，不但活人名字上了輓幛，而且對女性的輓幛，用千古的似乎也很少見呢。

按禮說弔喪送殯，是哀傷悲淚的場合，氣氛應當是肅穆淒清的，現在可好，您要是到殯儀館隨份子，越是大場面越鬧猛。有些交友廣闊、事業繁興的大人先生們，一進門，東也點頭哈腰，西也握手鞠躬，不是談股票，就是講牌經，開個玩笑，打個哈哈，促膝傾談交易，握手聯絡感情，拿「弔者大悅」四個字來形容當時的情景，真是再恰當沒有了。所以咱每到殯儀館去弔祭送葬，盡量避免跟大家周旋，等著上祭，只有看看祭堂裡懸掛的那些林林總總祭幛輓聯，打發時間，有時候無意中真能發現令人意想不到的奇文妙句。

有一次咱參加一位潘姓首長令堂喪禮，祭棚裡掛滿了輓聯幛軸，信步看來，發現有一幅輓幛，居然寫的是「步步生蓮」，想了半天才領會喪家姓潘，所以用潘妃步步生蓮典故來切合姓氏。可是咱記得潘妃是齊東昏侯妃，鑿地為金蓮花，令妃行其上，說是步步生蓮。齊亡梁武帝把她賞給田安啟，潘妃不從，自縊而死，用這個典故切姓潘的，不但有欠妥當，而且簡直有點罵人。後來跟一位本省飽學之士李勺園先生請教，他老先生也看見過一幅步步生蓮的輓幛，送輓幛的還是他啟蒙的學生，後來他問這位學生怎麼想起用這四個字，學生說是從《對聯大全》女用祭軸切姓欄抄的，結果對證原本一點不差，可見這些乖謬錯失，也是源出有自的，咱又能夠說什麼呢。

北平人辦喪事

南北看

過去在北平的人辦喪事，從人斷氣之前就開始了，規矩又多又煩。本文寫出了現在一般人不知道的故事。

北平從元朝到民初，七百年來都是國都所在地，對辦喪葬大事有整套辦法，一板一眼都有條不紊。

先從病人臨危說起。病人一喘氣，眼看燈盡油乾，病家就要先讓槓房（**北平槓戶就是棺材鋪，賣棺材、開弔、出殯都由它承應**）送吉祥板兒來。吉祥板兒就是紅漆沒床壁的木板匟床，外帶一條床圍子。

一般人家要在病人嚥氣前，替他淨淨身子，穿上壽衣。據說不早點穿，死後就帶不走啦。念佛的人家就不同了，病人臨危時，所有在眼前送終的人一律高聲念佛，不准哭泣，說是一哭，激發垂危人的七情六慾，就不能往生極樂，轉入輪迴。要等病人死了，再換穿壽衣，抬到吉祥床上停放妥當後，才能號啕大哭，舉哀盡禮。

請陰陽開殃榜

死者一停好，喪家第一件事是請陰陽生。在清代，陰陽生是歸僧綱司管轄的，民國時隸屬衛生局。陰陽生也各有轄區地段，不能越區。陰陽生先發給喪家三寸來長、一寸多寬刻上木戳的黃紙條，寫上如「三槐堂王」等字樣，貼在門首。陰陽生看到他的堂名帖，才敢進來。陰陽生一進門，先看亡人的手指，他一看就知道是什麼時候掉的魂，哪一刻嚥的氣，入殮應取什麼時辰，忌什麼屬相，哪一天出殃（又叫回煞），煞高幾丈幾尺，有什麼忌避。他把這些都寫在殃榜上，殃榜開好就放在亡人胸前，壓上一個小鏡子，據說這樣可以避免炸屍。接著給亡人蓋上蒙頭紙，點上倒頭燈，供上一碗倒頭飯，飯上插著一個用麵裹成的棒兒，說這是亡人過惡狗村的打狗棒兒。如果家裡有匾額或穿衣鏡等，一律要用黃紙封起來，朱紅大門也要用黑漆油蓋起來，然後要叫棚鋪來搭棚。

搭棚是北平棚匠的一種絕活兒，他們搭棚既不用刀鑿斧鋸，更不用挖坑栽樁，他們用沙槁為樑柱，用麻繩兒為經絡，加上一領一領的蘆席，就搭出高起脊、前出簷、後見廈的藍花素鶴大玻璃喪棚了。

北平辦喪事，人死三天叫接三。這天要念經、燒樓庫、放焰口（超度亡魂的儀式）。至親好友沒有趕上送殮的，在接三這天一定要來致祭一番。所以接三在北平是個大典，棚鋪搭的棚一定要在接三的和尚上座之前報齊，否則這買賣就算砸了。

豎大幡早晚吹打

北平槓房一送了吉祥床，槓房就派人留在喪宅支應。人一嚥氣，如果本家是旗籍，槓房立刻運來一人高的紅漆大木架，豎起三丈多長、一尺多寬的平金大幡，八旗又各有各旗的標誌。如果本家不是旗籍，那麼槓房就送來一對一人多高的門鼓、一對嗩吶、一鑼、一磬，有四位吹鼓手在門道擺開。官客來時要打鼓，堂客來時就吹嗩吶。每天日出而來，吹打一番叫早吹；日沒再吹打一番，一直到出殯，金棺上大槓後，他們才算任務終了。

死者入殮分高殮和低殮兩種。低殮是把棺材平放地上，將死者抬入棺內，再由槓夫架在靈堂正中間停放棺材的黑漆長凳上。高殮是先將棺材停放長凳上，兩旁各放一條長門凳，由家人親屬用寬布帶托襯，在衾褥底下，半托半曳，把屍體高舉進棺。屍一離床，槓房立刻有人把吉祥床往地上一掀，床板散落，嘩啦一響，說是破除厲氣。

北平棺材分滿材、漢材和行材三種：滿材是凸出一塊葫蘆形厚木板，尺寸稍大；漢材比較細巧；行材是人死在異鄉準備盤靈回籍安葬用的，尺寸更小巧，也特別結實。在北平，滿材和漢材一律不講究加漆。南方棺材是裹一道夏布，加一遍漆，加得愈多愈好。北平棺材無論是杉木十三圓、金絲楠木，甚至老年陰沉木，都要露著白碴兒，讓人一瞧就知道是用什麼木料。棺材裡先放石灰包，再加上各式各樣香末口袋，可以吸濕去潮，防止屍水外溢。

大殮時，先由孝子、孝孫給亡人開光。事先要備妥一碗無根水和乾淨棉花，由孝眷將亡人七竅都用水洗擦一下，然後把水碗往外一擲摔得粉碎，再把珠寶珍玩等殉葬物品安放入棺內，由棺材鋪派人來封棺。封棺是用木製包頭釘來釘棺，匠人封棺，孝子要高喊「躲釘」，表示提醒亡人。封棺完畢，大家再正式行禮舉哀。

孝服是筆大開銷

北平人辦喪事要印訃聞分告親友，料定至近戚友要在大殮前親來探喪的，得先送報喪條去。報喪條都是單張的，用有光紙石印，寫明×××於×年×月×時去世，擇於×日×時大殮；下款是××堂帳房稟報，下註「交門房口回」，表示這是不吉之事，不能直達人家堂奧，右上角還得用紅紙黏上人家地名和官稱。

此時孝子真正是罪孽深重，見了人無論尊卑長幼就得磕頭，據說頭磕得越多，越能給亡人免罪，說穿了也無非是讓喪家盡孝盡禮罷了。孝子還要給親戚們送孝，有粗布孝服和細布孝服，關係越近的親戚穿的孝服布越粗，關係越遠布越細。大戶人家尤其是旗籍，發孝服也是一筆大開銷。家裡下人無論男女一律發粗布一疋，男丁穿青布靴子，夏天穿白葦褳，秋冬穿黑布秋帽；婦女各發一份白簪子。做七那天，一念經，喪棚裡一片白色素服，真有莊嚴肅穆的氣氛。

開煙火奠酒

在喪禮中，接三這天舉行第一個大典。這時候靈柩安好了，靈位加上繡寸蟒大罩，供桌前要供香燭、長命燈，還供煙、茶、香花和水果。第一桌供菜，要等姑奶奶來供，叫做開煙火，然後別人才能用祭席來上祭。這一天，院子三面有臺階的月臺也搭起來了，地毯也鋪上了。供桌設置一份琺瑯燒素花的奠池，左邊放酒盅，右邊放著一把細脖子、長把兒的酒壺，下面放著一方黑布拜墊，上面蓋著一條紅氈子。

官客來弔祭，應當先把紅氈子掀起，然後跪在墊子上磕頭（鋪紅氈子是孝家表示不敢當，掀紅氈表示弔者盡禮）。喪家有兩位穿孝服的執事各在左右跟著跪下。左邊執事酌滿一盅酒，交給與祭人，與祭人舉杯後把酒灑在奠池裡，把空杯交給右邊執事。如此三獻三叩首後起身入幃，向孝子致唁，退出來就有招待人員招呼入座或入席了。

還有一種弔祭叫高奠，例如長輩對晚輩、有爵位的王公對一般官吏或者皇上派內監大臣來弔祭，都不行跪拜禮，他們要站在靈前奠酒，就得高架奠池。這種禮儀到了民國十三年宣統一出宮後，大家都漸漸淡忘了。

念經

北平有排場的人家辦白事都要念經，經分和尚經、喇嘛經、道士經、尼姑經，還有居士經。念經是論棚算，念三天經，放一台焰口算是一棚。喇嘛的念經襯錢最貴。白塔寺、雍和宮的喇嘛都應佛事，他們穿黃緞子靴帽袍套，念起經來講究一口氣念二十來字，把臉憋得像紫茄子一樣。大喇叭拉出號桿有一丈多長，大神鼓也有四尺見方。誰家辦喪事一念喇嘛經，左鄰右舍就別想睡覺了。

念道士經講究請白雲觀的道士，他們戴繡花鶴氅、黑緞子道冠，在靈前一轉咒、一拜懺，神氣極了。

念尼姑經以三聖庵最有名，出來應佛事的尼姑個個都是唇紅齒白，頭皮泛青。年輕的尼僧念一棚尼姑經，襯錢雖然不多，佛事的名堂可不少。北平有身分的人家最忌三姑六婆，請念尼姑經的並不多。

北平大小廟宇幾百座，大概半數以上都應佛事，超薦亡靈。要請道高德重的高僧大都請法源寺、拈花寺的僧眾來超渡。如果講排場、論氣勢，那要數北新橋的九頂娘娘廟了，他們是子孫院兒，不忌葷腥，可以娶妻生子。住持心宸大和尚的嗓音洪亮，身材魁梧。他們念三天經，棚裡掛的刺繡佛幡要天天換新。心宸每天必定親自拈香轉兩堂咒，每轉一堂咒，換一堂繡花袈裟，的確花俏醒目，不同凡響。從前凡是跟喪家有深交的，尤其是舅老爺姑奶奶一類內親，講究送經和送焰口，事前都要打聽清楚，可別跟九頂娘娘廟的經碰上了，否則相形之下比不過人家。

居士經多半是跟喪家有交情的信佛朋友自動湊一棚經，人數或多或少，甚至茶水不擾。等到孝子辦完喪事後再親自去謝，還附帶送點茶葉表示道謝。

放焰口送護食

超度亡魂最注重放焰口，喪家只要能力所及，都要接個三，放台焰口。講究的人家要搭三面高臺，分「高座」和「鬼臉座」（即平座）來對臺放焰口，喇嘛、和尚、道士、尼姑和居士各放各的。記得當年宣統業師梁節庵先生去世，做「五七」時放了六台焰口，一會兒轉咒，一會兒跪靈，把孝子梁思孝整慘了。

和尚、喇嘛放焰口都要灑甘露法食，法食又叫護食，是蒸出來的大小形狀不同、點上紅綠顏色的小饅頭。護食架子有的三層，有的四層，頂上層有木寶塔，護食就供在塔門之前。護食一到，供奉靈前，焰口一上座，茶師傅一請護食，男女弔者就可以來取護食，據說拿回家給小孩插在床頭上，可以壓驚避邪。在請護食之前，首座僧侶一邊念咒掐訣，一邊把護食掰碎，往月臺上擲，表示施捨甘露法食，讓孤魂野鬼來領受。

另外還有一種叫傳燈焰口，事先由鋪派（和尚派來的執事）在經座上按好兩條帶綳工的引線，各繫一尊一尺來高的綵衣仙童，每人手捧燈碗一盞，等焰口一上臺，孝家眾親都要繞著棺材而跪。焰口放到某一階段，捧著燈碗的小仙童就順著引線而下，送到靈前，由跪在第一位的人接過燈碗磕個頭，傳給第二位。如此傳繞棺材一周，再將燈碗放在下手仙童的燈盤裡頭，外線冉冉而去回到法壇，周而復始，叫做傳燈焰口。據說這種傳燈可以燭照幽冥，接引亡人早登極樂。放一台這種傳燈焰口，比普通焰口價錢要高得多，普通人家辦白事是不容易看得到的。

糊冥衣是一絕

北平的小戶人家遇到子孫滿堂的老喜喪，和尚一高興有用鑼鼓打起花點兒，外帶唱小曲兒的。梅蘭芳唱《鄧霞姑》有一場放風滾焰口，雖然有點兒唬人，可是這宗事也不能說真沒有。

提起北平的糊冥衣，真可以說是一絕。冥衣鋪門口的招牌大半都寫著「車船轎馬」、「壽生樓庫」、「金山銀山」、「細巧綾人」，凡是天上飛的、地下跑的、河裡浮的、草棵裡蹦的、樓臺殿閣、山水人物、一應家庭用具，只要點得出名堂，他們就能唯妙唯肖地給糊出來。有一位老太太一生別無所好，就是喜歡摸幾圈，她一過世，生前牌友公議要給老太太糊一精緻小巧的蘇式麻將牌，讓老太太在陰間解悶兒。聽說這副牌是請北平糊燒活的第一高手郭崽子糊的，看過這副牌的人說，如果不說是紙糊的，誰也看不出牌是假的。

當年吳佩孚故世，隨從照著他生前用的一張上鋪夏布墊子的紫檀匟床糊了一份紙的，擱在喪棚裡準備出殯的時候焚化。不料有一位莽撞的弔客行完禮，一看棚底下有座匟床正好歇歇腿兒，一屁股坐下去，匟床當然立刻報銷。

一撮毛無人不知

凡是夠排場的喪事，就會有個一撮毛兒的人來當差。他一進門先奔帳房，掏一個素封，上寫官弔四色，其實是秀才人情，一毛不拔。跟著到靈前磕頭行禮，領份孝服靴帽，從此逢七有經懺，他是風雨無阻，跟著佣人吃中桌（北平辦紅白事，佣人開四盆四碗席叫中桌）。這位一撮毛兒先生可以說是北平六九城中無人不知、無人不曉的，他究竟姓什麼叫什麼，知道的人恐怕不多。據他自己說他叫王得勝，是藍錠廠旗籍，年輕時候無知，喜歡用鐵標搰人家放在天上的風筝。久而久之，他的腕力越來越強，索性專門給辦喪事人家撒紙錢兒了。

撒紙錢兒

全國各地只有北平出殯有撒紙錢兒這一說。靈柩凡是經過城門洞兒，或是經過十字路口、路祭棚以及庵觀寺院，都要撒紙錢兒。

所謂紙錢，全是白報紙做的，碗口大小，中間搾個四方窟窿眼兒。一撮毛隨殯撒一通紙錢，大概是合洋白麵兩袋半到三袋的價錢，若不是六十四人的大槓，還請不到一撮毛，一撮毛撒紙錢兒比別人撒紙錢兒都貴。他隨殯總是帶著兩個徒弟替他提著竹筐，竹筐兒裡放著紙錢兒，上頭蓋著一塊濕手巾；後頭跟著一群小叫化子，隨地撿天上飄下來的紙錢，再用麻筋兒穿起來。一撮毛的徒弟們常趁人不備把筐裡還沒撒的紙錢兒打塞給小叫化子們，等出了關鄉，到曠野荒郊，一撮毛就向本家帳房伸手要錢補充紙錢兒了。此刻上不著村，下不著店，帳房只有捏著鼻子讓他宰，託他代辦。他一會兒工夫把小叫化整理好的紙錢又拿出來，現大洋也進了他的腰包。北平的槓房是別的任何一省比不上的，東城最有名氣的是恆茂槓房，西城就是日昇槓房。北平管抬棺材的叫抬槓，別看抬槓的人一個一個髒兮兮不十分順眼，不是行家還真當不了這份差。北平有句土話說：「抬槓比打職事的掙得多。」

油槓包繩

依北平的規矩，十六個人抬的棺材夠不上用官罩（一塊綃片搭在棺材上啟靈），二十四人抬的才將就用官罩。一般人死了最多用到六十四人抬槓，皇妃用八十人槓，皇后用一百人槓，皇帝才能用一百二十八人的大槓。抬槓的人要剃頭、穿靴子。大槓要現用紅漆和金漆重新油漆，抬槓的槓繩要用新紅布重新縫裹（行話叫油槓包繩）。

抬槓的槓夫全是些好吃好賭的苦哈哈，剃頭錢早賭輸了，發的靴子進了當鋪，等到啟靈之前，打香尺的人（總管）一檢查，只好臨時叫剃頭挑子免費替他當街剃個一乾二淨，靴子也只有替他們贖回再穿了。

晾槓演槓

槓房如果承應的是六十四人的大槓，十之八九必定油槓包繩，槓房一定要在馬路旁邊寬敞地方鋪上新蘆席，把大槓和官罩陳列起來，四角插上槓房的號旗。這一方面是替喪家擺場面，其實是給槓房做宣傳。晾完槓後，要把大碗抬起來，中間用三紅碗盛上九分滿的水放在官罩裡的托板上，抬著從一個牌樓到另一牌樓是一個來回。本家派人跟著演槓，驗看一下這碗水溢出來沒有，當然也得另外給賞錢的。

如果用四十八人抬槓，就可以大換班了。所謂大換班，是九十六個人分成兩班，一班四十八個人，用綠駕衣和藍駕衣、紅帽翎和藍帽翎來劃分，一聲「換班兒」，立刻藍的全下，綠的全上，整齊劃一，真不輸現在的儀仗隊。

北平抬槓的有一行規，棺材一啟靈，一直把棺材抬到墳地落坑下葬，棺材才准著地，或者先在哪個廟裡停靈才能落地；假如中途落地，這通喪事就算槓房的啦！槓繩，不管是大扣或小扣，一律都得是活扣，講究一抖摟就開。聽說從前有一個德國人特地到槓房去學怎麼樣打活扣槓繩，後來把這個打活扣的方法傳給了德國童子軍。

打香尺的

出殯不管是大槓或小槓，都得有個總管，就是打香尺的人。一個打香尺的人指揮幾十個人，既不叫一、二、三，也不喊口令，只憑他手裡一根木棍，敲打另一塊紅木尺，把節奏分出快慢高低，就是指揮信號。凡是抬槓的左肩換右肩、右肩到左肩、進退急徐或中途換人，全都靠這些信號，每個人也辨得很清楚，真不能不令人佩服。

出殯中當執事的人不需要什麼技術，所以人品很雜。當小嘰兒的一定要十四、五歲的小男孩，在脖子上跨著一個紅托盤，上面鐘磬鼎彝香煙繚繞，嘴裡一律喊著「哦」、「唔」，還有一些架蒼鷹、牽細犬、拉駱駝的人都要獵人裝束，也得有些威武勁兒。扛輓聯、打著十八班武藝的就男女老幼兼收，這可以讓一班苦哈哈混上一頓窩窩頭吃，也算是積德行善。

兩百四十個槓夫護送　國父靈櫬

國父奉安大典時，靈櫬從西山碧雲寺到北平前門外東車站，用的是一百二十八人大槓，由北平西長安街日昇槓房承應。官罩是銀灰素軟緞繡著青天白日黨徽，既莊嚴又素雅。兩根大槓鬃上白色亮漆，大槓柱頭也漆著青天白日，官罩寶頂用寶藍色油漆打光。金棺所經之處，大家含悲肅立，真是鴉雀無聲。

當時日昇槓房是左挑右選，集中了北平所有一等的年輕力壯的槓夫二百四十人，從北平一直送到南京。當時浦口火車過江用的輪渡還沒做好，沿途靈櫬上下火車，過長江輪渡，上幾百臺階的紫金山，都是這班槓夫一手承當的。一路上靈櫬四平八穩，安若泰山。這班槓夫走這趟南京不但錢掙足啦，回到北平一開唠就老半天。日昇槓房的兩根白漆大槓也始終豎在槓房的罩棚底下，表示「日昇槓房是見過世面的大買賣家兒，你們瞧瞧這兩根大槓」。

北平琉璃廠的南紙店筆墨莊

北平是咱們中國文化古都，每條大街都能找得到南紙店，可是如果您打算買點高級筆墨紙張，那您就得跑趟琉璃廠，準保能稱心合意，滿載而歸。

在前清科舉時代，所有進京趕考的舉子，沒有哪一位沒去過琉璃廠的。這條街除了書局子就是南紙筆墨莊，再不就是這個閣、那個齋，還有什麼山房等店名典雅的古玩鋪。南紙店雖然是一家挨著一家，可是人家各做各的買賣，誰也不搶誰的行。譬如拿廠西門靠著有正書局的清秘閣南紙店來說吧，他家是以打朱絲格子最拿手。從前不管是四條或八條屏幅，講究先打出朱絲格子來寫，白紙嵌朱絲，不但大方顯眼，而且間隔整齊劃一。有的人不管寫幾言對聯，都喜歡打朱絲格子，甚至於上下行款也打出來。想當年舊王孫溥心畬是書家兼畫家，有時自己一高興，寫對聯先把寫字的地方，用淺絳、淺碧畫成雲龍、漢瓦、螭藻等各式各樣的圖案，然後再寫字的。如果您是位書法名家，工於書而拙於畫，這個工作就可以找清秘閣來畫啦。您怎麼說，他就能怎麼畫，包您稱心滿意。因為清秘閣有一位師傅，是大內如意館出身，所以清秘閣這手絕活，在北平來說，哪一家南紙店也沒法子跟它比的。

跟清秘閣正對面是淳菁閣，這家南紙店開得比較晚，大約是民國十一、二年才開張的。因為東家頭腦新穎，所以做生意的手法，也顯著火爆，與眾不同，而且能夠迎合當時的新潮派的需要。像林風眠、王夢石、湯定之、陳半丁等人，都跟他家交買賣，於是研究出來古法翻新，仿宋染色箋。他們用黃檗、胭脂、梔子、赤芍各種有色藥料搥碎熬汁，分別施染，製出來的信紙詩箋，不但古樸素雅，而且濃重發墨，書畫家彼此函札往還，有一個時期大家都用淳菁閣的仿宋色箋。

他家跟姚茫父、陳師曾淵源很深。陳師曾又把染紙加礬古法傳給他，於是他家的詩箋，可以蘸墨水寫了。其時姚茫父、陳師曾、齊白石的字畫，都是日本人最仰慕的，記得白石老人有一幅抬頭見喜的工筆畫，是桌上一具蠟燭臺，燭光煜煜，由上方垂下一縷細絲，繫著一隻赤紅蜘蛛，由淳菁閣製成如礬詩箋，每匣五十張，一下子不知銷了多少匣到日本去。後來日本文化人到北平觀光訪問，差不多都要到琉璃廠淳菁閣買幾匣加礬詩箋，帶回日本送人，才算得上是風雅之士。

中華書局的緊鄰就是松古齋，櫃臺之前特別寬敞，據說那是乾嘉年間南紙店的格局，同時乾嘉名人筆記裡，也有提到松古齋的，可見在那個時候，就有松古齋了。松古齋雖然不是裝池裱畫店，可是他家對於挖裱字畫特別拿手。翁瓶齋日記裡就說過，他收藏有國初四大名家書畫團摺扇十二把，打算挖裱成四條屏幅懸掛，可是又怕挖裱得不夠精細，把扇面給裱壞了。後來還是聽德珍齋古玩鋪東家的，特別把松古齋挖裱的字畫送給翁老過目，認為滿意，才把扇面交松古齋去裱。從此翁瓶齋所有字畫都交給松古齋去裝池，日記裡對松古齋還大捧而特捧呢。要說南紙店承應蘇裱名人字畫，十之八、九都是過手交行買賣，手藝再好，還能蓋得過好的裝池店嗎？後來北平有位畫家胡佩蘅發現松古齋老東家有一贅婿，是蘇州裝裱字畫一等一的高手，人家後櫃有榆木加漆大裱畫台，一代傳一代，一點也不含糊，是真正上等蘇裱，所以在北平真正玩字畫的人要真正蘇裱，一定找松古齋。

松古齋除了代裱字畫外，還代賣《玉堂楷則》。現在提《玉堂楷則》恐怕沒什麼人知道了。可是當年沒廢科舉時代，讀書人為了應付朝考要寫大卷子，所以從小進書房一開始練小楷，就要用加厚宣紙寫白摺子，既不寫《靈飛經》，也不寫《衛夫人》，一定要到松古齋買一冊《玉堂楷則》來臨摹。《玉堂楷則》裡頭的小楷，全是清朝各科會試三鼎甲的法書，像王仁堪、洪鈞、曹鴻勛、陸潤庠、馮文蔚、潘祖蔭等人的書法，一個個都是工整端正，足為寫工楷的楷模。不知松古齋是什麼地方搜集來的，也按科分先後，鼎甲名次，精工石刻，裝帙成冊，每本足銀一兩。不但京城裡讀書人家要買一本給子弟們臨摹，就是直魯豫各縣書香門第人家，要是進京了也得買幾本帶回去，自己用或者送人。誰知道代賣《玉堂楷則》還真給松古齋掙了不少銀子呢。

琉璃廠中間最出名的南紙店，那就屬榮寶齋啦。他家限於地勢，門臉兒並不怎麼富麗堂皇，櫃臺前頭，尤其仄逼，可是人家櫃房後頭，有小屋雙楹闢為雅室，院內花木扶疏，室內文玩滿架。名公巨卿，騷人墨客，凡是經過琉璃廠的，都要到琉璃廠的榮寶齋歇歇腿、喝碗水。人家櫃上不但煙茶伺候得特別周到，就是出來招呼陪客的掌櫃或夥計，也都各有一套，能把主顧應付得賓至如歸，皆大歡喜。因此榮寶齋的交往，比哪一家南紙店都寬，所以在他家掛筆單的，也特別多，不但前清三鼎甲都在榮寶齋有筆單，就是宣統幾位師傅，如陳寶琛、朱益藩、梁鼎芬，也跟榮寶齋各有各的交情。

想當年要找八位或十六位太史公寫一堂屏條或是集錦摺扇，如果找不對門路，您就是花多少錢也湊不齊。可是您只要找榮寶齋託他家去煩，準保如響斯應，約期取件，包不誤事。在平時各位太史公，都有寫好裱好的大小對聯，臨空掛在榮寶齋的客房，而且每位都定有墨潤，如果您看中哪一副，店裡還管代求上款。只要哪一位太史公一旦駕往西方極樂世界，馬上就有人到榮寶齋搜購他的遺墨，不幾天這位故去太史公的法繪墨寶，必定漲價，那可準極啦。

不是淳菁閣有仿宋色箋、加礬詩箋嗎？樊樊山、羅癭公、李宣倜、林開뽈，這班名士，不知道是誰，找出一套梅花喜神譜，套印起來，當箋紙用。不但古色古香，而且滑潤著墨，大家書翰往來，一窩蜂似的，大家又全部改用梅花喜神箋，成了當時文化界的一種習尚。

後來有幾位專攻仕女的畫家，把《紅樓夢》全部人物，找精彩的回目，一共畫了一百二十張，每張都用《西廂記》裡的詞句題詞。例如賈太君華堂開夜宴，題「積世老婆婆樅翠庵走火入魔」；妙玉被強盜背著越牆而逃，題「咳，怎不回過臉兒來」。不但合情合景，而且有不少神來之筆，跟張善孖畫虎，用《西廂》題畫，同樣妙絕。

可是誰買了這套詩箋，全是欣賞愛玩，捨不得拿來寫字當信紙用。後來各地風雅之士，也到北平來搜購，這種詩箋跟故宮影印的故宮珍藏鐘銘鼎彝、文玩字畫的日曆，在民國二十四、五年的時候，都成了古玩攤上的古董啦。

廠東門有一家南紙店叫榮錄堂，有三間門臉，非常開闊，門面雖然錯金藻飾，可是斑駁脫落，顯得沒精打采似的。門口右方還掛著一方小木牌詞句，現在已經背不出來了，大意是「歷代縉紳，奉准由本堂刻印，各家不得仿刻」字樣。現在跟年輕朋友談到縉紳，十有八、九不知道縉紳是什麼，說白了縉紳就是清朝全國官員代表出身經歷的職員錄，這個職員錄可比現在職員錄記載得詳細，甚至於府道州縣之下，還註明緊、要、衝，表示這個缺是繁是簡，要衝不要衝。一年出一本，編印縉紳，好像是屬於榮錄堂的特權專利，從來也沒見過別家編印的。

榮錄堂後櫃有八、九間貨倉，裡頭存的都是刻縉紳的木板，據說從順治三年到宣統三年一律保存得完整無缺。這個買賣是山西祁縣劉家開的，到了民國十六、七年掌櫃的叫劉樂山，不但是飽學之士，而且鑑賞紙張另有獨到之處。有一年春節進廠甸，筆者在地攤兒上看見有一捲宣紙，外頭一張已經泛黃，一共十二張，裡頭十一張全都完整如新，既未認色，也沒毛邊，紙質細潤澄白，所差者就是尺寸不對，三尺見方，寫字作畫都不合適。因為紙的料子好，所以花了八毛五分錢，把十二張全買下來。經過榮錄堂的時候就進去歇歇腿，把紙打開請劉樂老給把合把合，哪知道剛一打開紙卷，劉老就說您買到乾隆紙了。據他說一聞紙香就知道是乾隆紙，因為捲而未用，沒有經過風吹雨灑的乾隆紙，總有一種說不出來的紙香。他把整張紙在日光底下一照，正中間有一尺大小浮水印暗紋，團龍圍繞著一個三字，在八卦裡是乾卦，紙裡所嵌浮水印，更說明了是乾隆紙一點也沒錯。後來上海德古齋古玩鋪開業，筆者送了四張乾隆紙做賀禮，開張當天就被識貨的吳湖帆以四百元代價一齊買去。在德古齋來說是做了一號露臉的買賣，在筆者來說，送了一份大人情。誰又知道紙的來價，只有幾分錢一張呢。

在民國十六、七年，北平市面上忽然出現若干細密灑金五色粉箋、印金五色花箋，磁青紙，觀音紙、江西鉛山的榜紙、臨川的大箋紙、浙江常山的奏本紙，紹興的蠟箋、黃箋、花箋、羅紋箋，甚至於宋代澄心堂紙、龍鬚紙，都有人送到門上來託售。筆者凡是碰到這類古代名紙，一律都送請劉樂老加以鑑定後，每種都收藏了一些，可惜全沒帶到臺灣來，否則這些紙留到現在，那豈不都成曠代瑰寶了嗎！

北平的筆墨莊也都集中琉璃廠一帶。雖然說的湖筆徽墨，可是都是湖筆莊代賣墨，真正專門賣墨的墨莊，至少在北平來說，還真少見呢。先說胡開文吧，他家寫小字的筆毫最好，從七紫三羊來說，一種是普通的，桿細毫短，價錢自然公道；還有特選的，桿粗毫長，一般寫白摺子練小楷，就都可以用了。另外有一種精選七紫三羊，在白麵賣一塊八毛錢一袋兒的時候，一枝精選的七紫三羊就要賣到一塊五、六。還有八紫二分羊、九紫一分羊，紫毫越多，價碼也越高，一枝長鋒純紫毫，在當時大約是合兩袋洋麵。筆好當然筆管也跟著講究起來，像什麼金管、銀管、斑竹管、湘妃竹管、象牙管、玳瑁管、玻璃管、鏤金管、綠沉漆管、雕紅管、棕竹管、紫檀管、花梨管、虬角管、琢玉管，王公巨卿，書香門第，什麼樣筆管都有，真是讓人目迷五色。可是實在說起來，還是白竹薄標（**光滑細緻的意思，薄標是行話**）最能揮灑自如，得用筆之妙。

先伯祖石襄公在湖州府任上，訓練一個書僮胡三元研究製筆，把選製湖筆的訣竅都學全啦，而且特精，在湖州一般筆工都尊為高手。後來先伯祖卸任回京，胡三元也跟著到北平給先伯祖製筆兼司筆札。等先伯祖去世，胡開文筆莊馬上重金禮聘他去做大拿，大拿說新名詞，就是高等顧問。筆者字雖然寫不好，可是當年在北平，選筆還頂嚴格。有一次在胡開文選定幾枝紫毫，打算讓胡開文刻上我自己認為很得意七律裡的一句「閒秋不為花落深」詩句，恰巧胡三元老叔在櫃上閒坐，一看我知道要選筆刻字，特別高興說：「你既然懂得選筆，我就賣賣老精神吧。」立刻一挽袖子，拿起刻刀，幾下子就把這句詩刻好抹了紅，還刻上邊款是「胡三元為閒愁主人選製」，邊款加藍。胡老又拿出兩枝舊藏長鋒羊毫對筆，上刻「大富貴亦壽考吳興守者精選特製」幾個字，他說這是先伯祖過五十大壽，他一共選製了二十枝，現在只剩下兩枝，就送給我吧。後來筆者發覺這枝筆筆鋒軟熟，極易揮灑，不但便於取勢，而且回鋒轉折之間，也不致稜角畢露，寫出來的字，尤其澹逸純和、圓潤自由、毫無火氣，的確夠得上「神品」兩個字。

胡老說製筆方法，以尖、齊、圓、健為四大要素，筆之所貴者在毫，毫堅則尖。用青羊毛、豐狐毛、鼠鬚、虎毛、牛毛、麝毛、羊鬚、豬鬃、狸毛，甚至胎髮都可以製筆，然而都不如兔毛。可是兔子講究是崇山絕壑裡的最好，這種兔子特別肥碩，毫長而銳，秋毫取其健，冬毫取其堅，春夏兔毫，則屬於普通兔毫，不能列入極品了。若是這一年中秋不見月，則山兔不孕，這種兔毫少而堅健，在選毫方面算是珍品。要是胡老不說，我們真想不到做毛筆，還有這麼多講究呢。

琉璃廠還有一家筆莊叫李文田，門口兒有個啞巴院兒，好像是做莊的買賣，他家是以寫大字的抓筆出名，筆越大越好。北平有一位大書法家，以給人家寫匾額最負盛名的華世奎，就非用李文田的筆不可，說是用李文田的筆寫榜書，清遒生動，真趣自然。從前畫家金拱北作畫也愛李文田的畫筆，白描畫用他家的中管鼠心毫，運動省力，點畫無失。經他這麼一說，不但湖社弟子如惠柘湖、何雪湖等人相率效尤，就連溥雪齋、馬伯逸、徐燕蓀這些故都名畫家也都覺得李文田的筆，誠然有天機偶發、落筆自如的意境。

藏園老人傅沅叔有一次告訴筆者說：「寫字作畫，一定要筆墨紙張相配合，有些人說用惡劣墨也可以寫出好字畫來，那真是欺人之談。不過舊墨越來越難得，新墨越做越離譜，將來總有一天連嫁娶送新郎倌文房四寶的禮墨都有成了古董的一天呢。故宮博物院在神武門標賣一批清宮內庫房發現霉變、破碎、蟲蝕、鼠咬的廢品，其中有一項是變質顏料跟碎墨，都被李文田整批標買去了。名為碎墨，其實有若干是非常完整的，其中還有圈書用的朱綠黃藍紫絳墨錠，都是清朝帝王御用之品，更是名貴異常。」筆者聞聽之後，特地到李文田選了一些收藏。現在想想這些東西，有錢也沒處去買啦。

賀蓮青也是北平有名筆墨莊，他家的筆不但選毫精細，所用筆管選材也特別嚴格。您買他家的上品的好筆來用，如果鋒芒脫落、筆肚鬆散，可以把原筆拿到店裡重新選紮，只按原價七折收費。到他家買筆，如果真是一位主顧，他會告訴您一套筆的保養法，他說筆用完一定要在筆洗子裡，把殘墨洗乾淨，則筆毫可以經久不脫，同時戴上筆帽，免得傷了筆鋒。若是沾了油，趕快用皂角湯洗去。如果這枝筆暫時不用，或者出外，可以用黃連煮湯，輕蘸筆頭，等乾後收起，就是經年不用，也不會蟲蛀。您想想像這樣給顧客服務，現在上什麼地方去找呀。

寫到此處，恰好小孫子放學回家，正準備學校功課，先寫大小楷，一看大字筆套在一個塑膠筆帽裡，帽短而小，筆乾如枯枝，無鋒少芒，簡直是一撮子麻劈兒。現在寫字求其簡便，都用塑膠墨盒，不要說是墨香，求其沒有臭膠味，已經是上上大吉了。再看所用的紙薄薄的一張，任何人拿這張紙來寫字，都可以力透紙背。一共三大行，兩行寫大字，另一大行再分成三行寫小字。我的天！不要說顏魯公、趙松雪了，您就是把王右軍、歐陽洵請了來也寫不出鐵畫銀鉤、龍翔鳳舞的好字來呀。我們下一代的寫字，如果再這樣不先利器長此馬虎下去，禮失而求諸野，我想將來總有一天，要到韓國、日本去留學，學寫中國毛筆字的。

談印

江蘇江都的于嘯軒、海陵的沈筱莊，都是以須彌芥子、蠅頭雕刻，馳譽中外的。于精於牙刻，沈擅長竹雕。沈平素總是自謙不會寫字，其實他寫的一手晉唐小楷，不求工巧而自多妙處。而他治的印神足氣滿，妙造自然，更是一絕。

沈筱莊自民國初年，就在北洋政府的印鑄局擔任製印科科長，他跟先師宋楚卿同鄉，又是多年至好，所以時常到舍下聊天。他職司治印，而印鑄局又積存不少官方治印的文獻。他一來到舍間，筆者總要請教點兒有關治印的典章掌故，日積月累，確實增加了不少見聞。隨時劄記下來，有些事情都是現在不容易聽得到了。

他說，中國自秦朝開始，就設有符節令丞，掌管官家的符節印璽。從漢代到宋代，有符節御史、主璽令史、符璽郎中、符璽郎，這些名稱，都是歷代掌管製造印璽的官員，到了元朝叫典瑞監，明朝叫尚寶司，清朝把尚寶司一部分併入內務府，一部分併到禮部，設立鑄印局，到了民國把鑄印局改成了印鑄局。這變動可以說是歷代掌印、鑄印的簡單沿革史。

晉宋以前，新官上任，就鑄新發印一顆，新舊任交接，並不包括職官印記在內。南宋時候，內外百官，遷調太繁，終年刻印鑄印，實在不勝其煩，而且金銀銅炭耗費太大，府庫支應不了，於是才把「每遷悉改」的制度，改為源遠流長，新舊交接。可是各州各府有磨損作廢的印信，還要繳還禮部，在禮部廳前一塊堅硬的大石頭上，會同主管官員將印信敲得粉碎，才算手續完成。

相沿到了清朝，廢印還是繳回，不過不再敲碎，而是在繳銷印信當中，鑿上一個繳字，銀印交回鑄印局，熔化儲存，留作後用；銅印就彙送戶部，改鑄錢鈔了。到了民國，政府雖然對於印信關防，也有種種規定，並且規定繳銷，可是軍閥割據，在各自為政局面之下，失敗的躲進租界，逃亡海外，能將印信繳回的，真是百難得一呢。

談印一定要先了解字的演變源流，上古的字，傳說有龍書、穗書、雲書、鸞書、蝌蚪、龜螺、薤葉等。因為年代久遠，雖然聽說，可是都沒見過，傳下來的只有史籀大篆。到了秦代丞相李斯，由繁變簡，就是後來的小篆，又叫玉筯篆（或玉箸篆），或者是鐵線篆，程邈簡而變體，就是隸書，王次仲改為八分書，蔡邕改為漢隸，後來楷書、行書、草書。越變越跟原來書法的象形、指事、會意、形聲、轉注、假借六義，挨不著邊兒了。

在秦朝以前，璽印不分，到了秦始皇，鐫了一方傳國璽，只准天子的印叫璽，其餘諸侯就是傳國之璽，一律都改稱寶啦。

「印」是取信於人的意思，所以從爪從卩，用手持節，表示信用。所謂「六朝二其文」有朱文、白文兩種，「唐宋雜其體」各朝各代制度不同。

「章」累文成章，章就是印，印也就是章，漢代的列侯、丞相、太尉的官印，印文開始用章字。

沈筱莊先生對於歷代印記看法是：有人說三代時期，沒有印信，其實《通典》上明明記載「三代之制，人臣皆以金玉為印，龍虎為鈕」，不過年代悠久，印文不傳而已。秦印一切體制，都還順沿周朝的典範，因為由始皇傳二世，時間太短促，所以流傳不廣。漢印是沿襲秦印的，篆法雖然稍微有點增減，可是還沒悖乎六義，仍然具有古樸典雅的風格，後世治印，還是以漢印為宗本。

魏晉六朝的印章，有了朱文、白文，從此印章的變化就越來越大了。唐代印章謁謬日增，筆法曲屈盤旋，毫無古法，完全悖乎六義，宋代承唐代邪謬，徒尚纖巧，去古更遠。齋堂館閣，詩詞閒章，風行一時，若干字體，史籀都找不出來，於是治印的人，率意信筆而為，完全跟秦漢相悖而行。到了元代專事武功，不講文治，幸虧後來出了幾位飽學之士，如趙子昂等等，極力提倡文治，講求復古，力挽狂瀾，使得中國幾千年文化得以續而不墜。治印雖然還是趨向纖巧，可是有元朝後期的復古，筆意漸漸有恢復樸拙之妙。

清朝官印最初都是滿漢合文，而且講究九疊朱文印，曲曲彎彎，把印填滿為主，而且官階的高低，明訂印信的尺寸來區別。至於個人私印，先本宋元餘緒，後來博古之士，趨向賞鑑秦漢印章，漸次又得秦漢之妙。以上說的，都是沈筱莊先生集幾十年治印所得的觀感，見仁見智，每人看法也許各有不同。

三代到秦漢，天子都是玉印，私印間或有玉的取其君子佩玉的意思而已，但不多見。漢代王侯都用金印，官至二千石，就改用銀印了。可見古代用金銀治印，是判別品級的。古往今來，不論官私印記，用銅印最為廣泛，不過銅印也分紫銅、黃銅兩種，有鑄的、有鑿的、有刻的，還有鍍金塗銀的，寶石、瑪瑙、水晶都可以治印，不過質地不是剛燥不溫，就是滑而不涵，難以奏刀，而且近俗，聊備一格，做做玩飾則可，實在來說不能登品。秦漢時代根本沒有拿石頭治印的，到了唐宋才有用石頭來刻私印，想不到現在反而以石頭刻印章變成主體了，什麼青石、壽山、田黃、雞血、燈光、凍石、魚腦凍、艾葉薰、桃花凍、芙蓉膽，真是千奇百怪，要是專談刻印用的石頭，那非寫本專書不可。

象牙也是用來刻印的一種材料，因為不容易磨損，所以現代金融界都喜歡用象牙章，象牙質軟，並且容易奏刀，所以刻朱文，要深而且細的，用象牙最為適宜。不過刻白文印章，不管多麼堅刀健腕，總是神韻稍差，涉於呆滯，要刻白文，寧可採用石章，不用象牙，這也是筱莊先生多年刻印的經驗之談。後來枯樹、竹根、燒瓷、犀角都拿來治，有的利其堅，有的用其怪，那都不足為訓的。

談到治印之法，筱莊先生說，分為「鑄」、「刻」、「鑿」、「輾」四種。「鑄」印有兩種法子，一種是翻沙，一種是撥蠟。翻沙是拿木頭做印，埋在細沙裡頭，像鑄造銅幣一樣；撥蠟是把蠟做成印模後，刻文製鈕，用焦泥塗勻，外加熱泥，上頭留一出熱洞，等蠟乾了，把熔好的銅汁，從洞口倒進去，如果印鈕要用精細的辟邪獅獸形態，那就非用撥蠟方法不可啦。「刻」印是用刀刻的，古時時常在行軍戎馬倥傯之中封官授爵，所以都用刻印。現在刻印的種種不同刀法，全是歷代刻印所遺留下來的。「鑿」印是拿錘鑿出來的，又叫鐫。鑿比刻快，而且簡易有神，不加修飾，有時意到筆不到，所以又叫急就章。白石老人刻印不重刀，不回刀，就是師法急就章的。瑪瑙、寶石、水晶都是滑而且硬，不容易著刀，所以只好用「輾」的方法。但是玉工雖然精巧，可是篆文落墨，有一定章法筆意，輾出來的字，轉折結構，既不能混然一氣，而且有欠流暢，自然不如刀子刻的傳神。

白文印　古印都是白文，篆法也古雅大方。刻白文印下筆要壯健，轉折要氣脈貫通。太肥則失之臃腫，太瘦則又失之枯槁。得心應手，妙在自然，如果牽強穿鑿，或用玉筋篆，則既非正體，更有失莊重。

朱文印　上古沒有朱文印，六朝唐宋之間才有朱文，刻朱文要絢練清雅，筆意深遠。不可太粗，粗則庸俗；也不可多曲疊，多了則板滯無神。趙子昂朱文最擅長，愛用玉筋篆，敻絕淡雅，流動有神，學刻印者，應當多多體味。

篆法　印之所貴在印文，如果文體謬謬，就是鐫龍刻鳳，也不為奇。有些人只在刀法上刻意求工，可是對於篆體漫不經心，簡直是大錯特錯。各朝的印都有各朝的體制，不容混雜其文，隨意把篆法亂改。現在刻印的大半都犯這個毛病，應當特別注意，免蹈其弊。

章法　刻印章要求其章法好，平常應當多多觀摩古印及好的印譜。刻印之前，需將文之朱白，字之多少，印之大小，畫之稀密，怎樣依顧而有情，怎樣貫串才臻其妙。

筆法　篆書雖然有體，但是一方印刻出來，如何才能凝重典雅，迥異凡構，那就在於筆法了。筆法與輕重、屈伸、仰俯、去住、粗細、疏密、強弱要在各中其宜，方得其妙，否則流於粗俗，難得佳構。

刀法　運刀必須心手相應，方得其妙。可是文有朱白，印有大小，字有疏密，畫有曲直，不可一概率意而為。去住浮沉，宛轉高下，都應當在施刀之前，打好腹稿。用腕力處要重，用指力要輕，粗宜沉，細宜浮，曲要宛轉而有筋脈，直要剛健而有精神。刀法的準則，不外以上幾點，至於細微末節，那要憑自己的經驗，多加揣摩，心與神會，意心相合，自然能刻出好印章來。

印體　古代印章，各有其體，千萬不可自作聰明，偶一弄巧眩奇，就會出乎規矩，流於庸俗。如同詩要宗唐，字要宗晉，都是各宗其正。刻印如以漢印為宗，則大致不差，不失其正了。

名印　印是用昭信守的，所以姓名之下只能加一印字，或印信、印章，私印字樣，不能摻有別的閒雜字，否則就是失體不敬。

表字印 漢印都是用名，唐宋才有表字別號印章，表字印只能閒用，不能用於官文書契約文件之上，所以表字印、別號印頂多加上氏字或姓字。近代有些人莫名究竟，表字印也加上印或章字樣，那就不合古制，刻印的人應當切記。

臣印 漢印有刻臣某某者，古代臣是男子的謙稱，不獨用於對君上，就是朋友往還，也常常用來蓋在函件上。劉石庵有一封給同僚的信札蓋上一方「臣劉墉」的印記，胡適之先生偶然說劉石庵有奴才相。黃季剛、林損兩位國學大師，在北大民主牆上，引經據典把胡適之痛駁了一番，這也是用臣印的一段小掌故。

別號印 有些文人墨客，喜歡刻某道人、某居士、某逸士、某山長、某主人印章，這種印章是唐宋才有的，詩畫閒用尚可，用之於簡札，總覺有點玩世不恭，稍欠莊敬。

書柬印 書柬用名印後，有某言事、某啟事、某白事、某白箋、某言疏，都很正當。可是有人花樣翻新，信封上再加蓋某謹封、某護封，就未免蛇足了。

收藏印 收藏書畫，加蓋印記，也是唐宋時代才有的。有某人家藏、某人珍賞，有某郡，某齋、堂、館、閣，圖書記蓋在所藏書畫上。如果印章款識不合體，篆字惡劣譌謬，印泥色敗走油，再加上印記蓋的地方不合適，那簡直是把一幅好字畫給糟蹋啦。還有蓋上宜子孫、子孫世昌、子孫永寶等圖記，結果子孫不能世守，擺在地攤，或者掛在荒貨鋪裡三文不值兩文賣，讓人一看，祖澤已盡，子孫不肖，這些圖記蓋上，徒然惹人譏笑，是不是不蓋還好點呢。

齋堂館閣居軒印 這類雜印，也是唐宋時代才時興的，字畫上有了這類雜印，可以了解這幅字畫嬗遞的歷史，若干前朝沒有款識的字畫，都是憑這類雜章，考證出年代作者的，雖有其弊，倒也尚有其利。

印品 沈筱莊先生說，印最注重品，印分三品。印鑄局有一部《玉泉方要》上談到印品：「神妙能然，輕重有法中之法，屈伸得神外之神，筆未到而意到，形未存而神存，印之神品也。宛轉得情趣，稀密無拘束，增減合六文，挪讓有依顧，不加雕琢，印之妙品也。長短大小，中規矩方圓之製，繁簡去存，無懶散局促之失，清雅平正，印之能品也。」以上三品，刻印的人如果能夠時時揣摩，融合精意，那刻出印章自然意境深遠，直追秦漢了。

印鈕 印章除了講究質地之外，還講究印鈕。秦漢印鈕，有龜、有螭、有辟邪、有虎、有獅、有獸、有駱駝、有魚、有凫、有兔、有直、有錢、有鑪、有瓦、有鼻，都是用來分別品級的，不過怎樣分級，清朝以前沒有專書可考，其說不一。到了清朝才制定了「寶印規制」。以印的尺寸來說，以四寸四分見方，厚一寸二分為最貴；遞減到一寸九分見方，厚四分為最低級。關防以長三寸二分，闊二寸者為最貴；遞減到長二寸四分，闊一寸四分為最低級。

寶印 關防所鐫的文字，以玉筯篆為最貴，芝英篆其次，尚方大篆、柳葉篆、殳篆、鐘鼎篆、懸針篆、垂露篆又次之。最特別是喇嘛印，用轉宿篆。

寶印規制訂定，清朝皇太后寶用金質盤龍鈕，皇后寶用交龍鈕，皇貴妃、皇妃寶用蹲龍鈕，妃寶就改用龜鈕，以上的各寶，都是金質，一邊刻滿文，一邊刻漢文，篆用玉筯篆。和碩親王、親王世子寶，朝鮮國王印都是金質龜鈕芝英篆。琉球國王、安南國王、緬甸國王印，都用銀質鍍金，駝鈕尚方大篆。多羅郡王印，也是銀質鍍金麒麟鈕，可是用芝英篆。此外五等封爵，內外提督、總兵、將軍、都統、副都統、經略大臣、大將軍、參贊大臣、統領侍衛內大臣印，都是銀質虎鈕柳葉篆。有用滿漢托忒回字四體的伊犁將軍印。有用滿漢托忒三體者，是烏魯木齊都統、古城領隊、大臣、伊犁辦事大臣、管理巴理坤大臣印。有用滿漢回三體者，是喀什噶爾、阿克蘇、吐爾等處大臣印。有用滿文托忒兩體字者，是塔爾巴哈台辦事參贊大臣印。有用滿文蒙古兩體字者，是張家口都統印、外藩各旂札薩克跟外藩各盟長印。以上都是虎鈕銀印。宗人府印、衍聖公印、六部印、戶部鹽茶印、三庫印、行在各部院印、盛京五部印、軍機處印、內務府印、翰林院印、鑾儀衛印、理藩院印，都是銀質直鈕，滿漢文，尚方大篆，唯有理藩院印還要加上蒙古字。都察院、通政司、大理寺、太常寺、順天府、奉天府、各省布政司，都是銀質直鈕，滿漢文小篆。內官從詹事以下，外官自按察司以下，都是銅質直鈕了。

印章　方的叫印矩，圓的叫印規，長的叫關防、叫圖記、叫條戳。所有關防都是直鈕。各省督撫以及倉場、河道、漕運總督的印，都是銀質滿漢文小篆。三品以上欽差大臣的關防是尚方大篆，四品以下欽差官的關防，就用鐘鼎篆了，一律銅質。

喇嘛胡圖克圖（活佛之意）的印，或金或銀，都是特賜，全是雲鈕，大半是滿、漢、蒙古、唐古忒四體。沈筱莊先生對於清代印章說得極為詳細，他說清朝印的質地、尺寸、印鈕、印文都是經過仔細研考來制定的，尤其朝鮮、琉球、安南、緬甸國王的印寶，都是由咱們中國頒給，更有「今也日蹙國百里」的感歎。

筆者因為耳濡目染，時承沈老的教益，雖然自己不會奏刀，可是對於治印之學，興趣日深。有位舍親李虎孫，是合肥李文忠裔孫，在上海住悶了，忽發奇想，跑到北平來搜羅印譜和圍棋譜。他雖不住舍間，可是旅舍狹仄，搜購的印譜、棋譜，都由筆者保存。棋譜不談，光是印譜他就買了七百多種，他是兼收並蓄，不擇精粗，真有稀世原譜，筆者真正藉此大飽了一番眼福。他有一部元朝邱衍著《漢印萃古手稿》，有漢印朱拓三百多方。筆者春節逛廠甸，在一個賣破銅爛鐵的荒貨攤上看見有一堆用舊麻繩穿的廢銅器，仔細一看，敢情是一串漢代長條銅印，大約有三十多方，花了八毛錢，就把這一串漢印買回來了。等把泥土洗刷清楚，拿《漢印萃編》一對證，這類漢印，只有一寸二分長三分寬，一律錢鈕，全是頭一個字姓都刻的漢隸，底下是花押，就不容易辨認了。查對結果在書上可以查得出的人，一方霍字印是霍去病花押印，一方李字印是後漢李膺，其餘或者人名不見經傳，或者斑駁殘缺。以八毛錢買了兩方漢印，當時真是欣喜若狂。後來舍親李栩厂把這兩方漢印要了去，一方留為自用，一方他轉送霍寶樹。因為霍是冷姓，居然漢印裡有姓霍的，而且是霍去病，所以霍寶樹得了這方漢印，一直視同拱璧呢。

另外有一方圖章，也是無意中在地攤上揀的便宜貨。這方圖章是不規律八分大小的一方艾葉薰，買的時候，塗滿了乾泥巴，摳了半天，也看不出什麼字，等拿回家洗刷乾淨一看，印文是「年二十七罷官」六個字，再看邊款是梁節庵先生參奏李少荃，被慈禧太后永不敘用，在焦山閉門讀書所刻的印章。先祖與梁係會試同年，所以筆者對於這件事情知道得比較清楚（前兩年高陽先生在一部清宮小說，也提到過梁鼎芬有一方「年二十七罷官」圖章）。既然這是一方歷史性的圖章，偏偏湊巧，筆者在二十七歲那年，也棄官從商，跟朋友往來簡啟，也都蓋上這方圖章。可惜來臺倉促，這方圖章沒能隨身攜帶，否則真想把這方印章拓朱，送給高陽先生看看呢。

來臺將三十年，除了在臺書畫名家自用印章外，古玩鋪印章店就沒看見過一方看得過去的圖章。關於刻印方面雖然有幾位大方家竭力提倡，希望維持不墜，進而發揚光大，可是既沒好石頭，更沒有印泥，您說怎樣能鼓舞提倡起來呢？

神龍見首

南北看

獻歲發春，太陰曆的丙辰年，按十二生肖推算屬龍，所以又叫龍年。旅港名相家李栩厂，前年就說過，辰屬水、丙屬火，水火既濟，飛龍在天，歲次丙辰是我們飛躍發展的一年，所以丙辰年稱之為大吉大利的年也無不可。中國同胞對龍年都特別歡迎，異常重視，家裡有成年的男女，都希望在兔尾龍頭時期結婚，趕在龍年生個肖龍的龍種來光耀門楣。總而言之，龍年不管在國家、在民間都是寓有國運昌隆，吉祥如意的象徵的。

龍年談龍的文章，一定不少，我想來想去還是寫幾條自身經歷的龍的故事，來點綴點綴，免得跟大家寫的文章衝突。

民國十幾年天津忽然鬧了一次洪水，當時在天津以作對聯出名的聯聖方地山先生，就是從二樓窗口坐澡盆逃出來的，可見當時水勢是如何凶猛迅速了。等水退後，筆者從北平趕到天津，慰問各處親友的時候，就聽說金龍四大王其中的西崑將軍在海河現身，已經被人迎到大王廟供奉起來，這兩天正在酬神唱戲呢。

舍親許禹生的先世，在前清做過河督，因黃河決口，久久不能合龍，跳入洪流而殉職的。他家有一部圖文並茂的抄本《龍姿手鑑》，舉凡歷代治河有功殉職大員的生平、故後的封贈，以及死後的化身圖形（**大部分幻化龍形、蛇形**）都有。據說各堤防崩潰，最後合龍，必定有金龍四大王一位河神護佑，究竟是哪一位駕臨？一看《龍姿手鑑》即可明瞭。不過這種書都是收藏嚴密，平日不願隨便給人看。有一年六月六日許府依例曬書，筆者碰巧趕上，彼時對於這類事雖然也不太留心，可是這種書沒見過，所以也翻看過，只記得第一位是大禹王，歷代河神化身，有的像龍，有的似蛇，不過每位的特徵書裡都記述得非常詳細。腦子裡，總有這個印象。

現在既然聽說西崑將軍現身了，有一瞻龍姿的機會，焉能輕易錯過？於是也趕到大王廟看看熱鬧。一到大王廟，廟裡廟外真是人山人海，費了好大的勁，才擠到靠近神位之前，供桌上有一副朱漆木架，上頭架著一面三尺見方的朱漆方盤，所謂西崑將軍敢情是二尺多長、比拇指略粗的一條碧綠帶青的小蛇。所感覺奇怪的是，蛇身蟠踞盤中，岸然昂頸，卓躒不拔，前後左右，雖然有十幾隻大香爐圍繞，每隻爐內都燒著火光灼灼的百速定（香名），飛焰閃閃直逼將軍下顎，可是這隻小蛇夷然昂首，不畏不動，接受四天香火，悄然而隱。究竟是怎麼一回事，在筆者腦子裡始終是個謎，直到現在也沒猜透。

漢口夏季的燠熱是全國有名的，民國二十一年夏季更是熱得出奇。承武漢聞人方耀亭（本仁）先生的關注，暑天讓我搬到武昌黃鶴樓半山的積善堂去住。這個善堂冬季施粥、施棉衣棉被，夏天僅僅施捨暑湯暑藥，有兩位老者管理，所以事情非常清閒。其中有一位叫余立人的是清末武昌府衙門的皂班頭，曾經伺候過武昌知府大人梁鼎芬，梁跟先祖是會試同年，一提起來，所以倍感親切。每到假日，余老就帶我到武昌、漢陽各名勝地方逛逛。

有一天，進到了萋萋芳草的晴川閣，前面一個磚砌的方亭，離著亭子二十多丈遠有一口井，井上有一鐵鏽斑駁的井蓋，還有一把大鐵鎖鎖著。余老說井裡鎖著一條孽龍，是大禹王治水制服的四孽龍之一，這條龍叫兀木齊。我問余老何以知道得那麼清楚？他說他剛一到衙門當差的時候，制台是張香帥（張之洞），香帥頭腦新穎，最不信邪，既然井裡押的是條龍，倒要瞧瞧是什麼樣。於是叫鎖匠把鎖蓋打開，敢情井蓋跟一條粗鐵鍊子相連，垂到井裡，雇到幾十名民伕往上拉鐵鍊，哪知鐵鍊越拉越多，堆得比房還高，鐵鍊還沒拉光，可是漸漸拉著費力，又加雇民伕來拉，一時井裡水夾風聲，戾嘯沖天，井水跟著洶湧四溢，大家猝不及防，一鬆手，拉了一整天的粗鐵鍊，頃刻又倒回到井裡去了。張香帥雖然不信怪力亂神，到了此刻也只有焚香祝告一番，仍然加鎖加封。當年還立有木牌告示，年深日久，告示已然早就無影無蹤了。

可是到現在，井仍然鎖著，沒人敢開。這樁事是余老親眼所見，所以說得歷歷如繪，後來筆者曾經跟當時武漢綏靖主任何雪公提起過，在座有綏總參議朱傳經，他也贊成打開井看個究竟。可是何雪公一生做人做事都是穩練持重，他說武漢在去年（民國二十年武漢大水，患了七十多天）大水之後，今年又去惹那孽龍，萬一再鬧水災那就糟了。雪公既然如此說，於是大家也就一笑而罷。

後來在福建閩侯郭嘯麓先生（郭則澐曾任國務經理）所寫的《洞靈小誌》裡，他把晴川閣的孽龍兀木齊說得跟余老所見完全一樣。他說安徽泗州也被大禹王押有一條孽龍，大概平劇裡《水淹泗州》的豬婆龍，就是這位神聖啦。郭說孽龍一共四條，其他兩條龍的來龍去脈也說得很清楚，可惜此書沒在手裡，一時也想不起來了。

抗戰之前舍間跟幾位好友在江蘇里下河、興化、泰縣、東台一帶運銷食鹽。抗戰爆發，政府恐怕食鹽資敵，已稅食鹽，又都奉令免稅疏散，各縣鹽棧，也就只好收歇，所有生財家具，一律集中泰縣堆棧保管。早年各行各業除了各有祖師爺外，還各有保護神。幹鹽務的吃大海走江河，所以供的都是歷代殉職河官，敕封某某將軍的。抗戰勝利，筆者來到泰縣，打算重理舊業，所以各地供奉各位將軍的神位牌，全放在正屋靠牆的長條案上。原駐紮李天霞的部隊別調，由黃伯韜在揚州的部隊接防，黃部初到泰縣，人生地不熟，到處找住所，一看下壩這所大房子不錯，有位排長就進來登堂入室看一番，他在客廳東張西望，也沒開口就走了。後來黃伯韜自己進駐泰縣光孝寺，他是天津老鄉，筆者請他吃熬魚貼餑餑，他一進客廳就說，他聽部下說泰縣住著一位大官，上代的將軍就有十多位，雖然有好多群房閒著，可是他們沒敢借住，老弟你知道是什麼道理？你想不到吧，是你條案上供的龍王爺，這個將軍，那個將軍，把一幫愣頭青給唬住嚇跑的。至此我才知道我是獲得四海龍王的庇佑，才免生若干閒氣，省了很多唇舌的。

在民國十七、八年楊寶忠還沒改文場之前，在楊小樓戲班搭班唱老生，他知道唱鬚生吳鐵厂，在《鐵蓮花》裡老生的俏頭很多，想跟鐵厂討教討教，給仔細說說。程硯秋的師傅榮蝶仙、唱掃邊老生甄洪奎跟吳鐵厂都是至親，所以就由榮、甄兩位約了吳鐵厂在北海五龍亭仿膳小酌。寶忠知道吳鐵厂雖然好酒，因為鬧鼠瘡脖子，滴酒不沾，可是遇上好酒，就要喝個盡啦。寶忠為討好鐵厂，把用大覺寺玉蘭花泡了多年的二鍋頭酒也帶了去。唱戲講究飽吹餓唱，冬勁天兒，北海遊客不多，連說帶唱足足折騰了一個時辰，既有好酒，當然賓主盡歡，寶忠酒量出自家傳，鐵厂雖沒大醉，可也有點過量。酒一喝足，鐵厂的話也就多啦。他說咱們中國有三座九龍壁，一座在大內皇極殿當照壁，一座在山西大同府，一座就是北海的九龍壁。三座之中只有北海九龍壁，因為小西天萬佛樓落成請西藏密宗高僧開光，他看見九龍壁奇彩繽紛，霞光閃閃，一時高興，就在壁前唪經咒施法通靈。繼而一想，如果真的通靈，一旦破壁飛去，朝廷詰問下來，那麻煩可就大啦，於是立刻停止念咒，可是其中有條藍龍，已沾了少年靈光。平日大家都知道吳鐵厂很有點鬼門過，有人看見過他施展大搬運法，今天他既然酒後興豪，於是𡡉他到九龍壁前，表演一手，開開眼界。一行四人到了九龍壁前，因為壁前有鐵絲網攔著，不能近前，吳鐵厂掏出一條手帕，對準藍龍頭部一擲，手帕立刻吸在壁上，沒有一分鐘，手帕掉下來，再看藍龍鬚角眼睛都在動彈，楊、甄兩人認為自己也許酒後眼花，可是榮蝶仙滴酒不嘗，明明白白也見龍頭部分，鬚角抖動，栩栩如生，大約有三分鐘時間才歸於靜止。這件事是吳鐵厂去世以後，楊寶忠說出來的，料來不會虛假。

以上幾段有關龍的小故事，有的是親目所睹，親耳所聞，或者是親身經歷，當此科學昌明時代，其理固不可解，說出也未必有人相信。可都是些的的確確事實，令人猜不透其中奧妙，現在寫出來就算姑妄言之。

謝詞

本書出版期間，承夏元瑜兄不斷的鼓勵，並寵賜序文。高上秦兄伉儷多方協助，提供寶貴意見，盛意拳拳，謹此致謝。

唐魯孫

唐魯孫先生作品介紹

(1)老古董

本書專講掌故逸聞，作者對滿族清宮大內的事物如數家珍，而大半是親身經歷，所以把來龍去脈說得詳詳細細。本書有歷史、古物、民俗、掌故、趣味等多方面的價值，更引起中老年人的無窮回憶，增進青年人的知識。

(2)酸甜苦辣鹹

民以食為天，吃是文化、是學問也是藝術，本書作者是滿洲世家，精於飲饌，自號饞人，是有名的美食家。又作者足跡遊遍大江南北，對南北口味烹調，有極細緻的描寫、有極在行的評議。本書看得你流口水，愈看愈想看，是美食家、烹飪家、主婦、專家、學生及大眾最好的讀物。

(3)大雜燴

作者出身清皇族，是珍妃的姪孫，是旗人中的奇人，自小遊遍天下，看得多吃得多，所寫有關掌故、飲饌都是親身經歷，「景」「味」逼真，《大雜燴》集掌故、飲饌於一書。

(4)南北看

作者出身名門，平生閱歷之豐、見聞之廣，海內少有。本書自劊子手看到小鳳仙，自衙門裡的老夫子看到盧燕，大江南北，古今文物，多少好男兒、奇女子，異人異事……一一呈現眼前，是一部中國近代史的通俗演義。

(5)中國吃

本書寫的是中國人的吃，以及吃的深厚文化，書中除了談吃以外並談酒與酒文化、談喝茶、談香煙與抽煙，文中一段與幽默大師林語堂先生一夕談煙，精彩絕倫不容錯過。

(6)什錦拼盤

本書內容包羅萬象，除談吃以外從尚方寶劍談到王命旗牌，談名片、談風箏、談黃曆、談人蔘、談滿漢全席……文中作者並對數度造訪的泰京「曼谷」不管是食、衣、住、行各方面均有詳細的描述。

(7)說東道西

《說東道西》是唐魯孫先生繼《老古董》、《酸甜苦辣鹹》、《大雜燴》、

《南北看》、《中國吃》、《什錦拼盤》之後又一巨獻。他出身清皇族，交遊廣，閱歷豐。本書從磕頭請安的禮儀談到北平的勤行，由蜀山奇書到影壇彗星阮玲玉的一生，自山西麵食到察哈爾的三宗寶……所論詳盡廣泛，文字雋永風趣，是一部中國近代史的通俗演義。

(8)天下味

本書蒐羅了作者對故都北平的懷念之作，除了清宮建築、宮廷生活、宮廷飲食介紹外，對平民生活的詳盡描述，也引人入勝。收錄了作者對蛇、火腿、肴肉等山珍，以及蟹類、臺灣海鮮等海味的介紹，除了令人垂涎的美味，還有豐富的常識與掌故。更暢談煙酒的歷史與品味方法，充分展現其博學多聞的風範。此外另收〈香水瑣聞〉與〈印泥〉兩文，也是增廣見聞的好文章。

(9)老鄉親

唐魯孫先生的幽默，常在文中表露無遺，本書中也隱約可見其對一朝代沒落所發抒舊情舊景的感懷，無論是談吃、談古、談閒情皆如此，但其憂心固有文化的消失殆盡，在在流露出中國文人的胸襟氣度。

(10)故園情（上）

凡喜念舊者都是生活細膩的觀察者，才能對往事如數家珍。故園情上冊有唐魯孫先生的記趣與評論，舉凡社會的怪現象、名人軼事、對藝術的關懷，或是說一段觀氣見鬼的驚奇，皆能鞭辟入裡栩栩如生。

(11)故園情（下）

喜歡吃的人很多，但能寫得有色有香有味的實在不多，尤其還能寫出典故來，更是難能可貴。唐魯孫先生寫的吃食卻能夠獨出一格，不僅鮮活了饕餮模樣，更把師傅秘而不傳的手藝公諸同好與大家分享。

(12)唐魯孫談吃

美食專家唐魯孫先生，不但嗜吃會吃也能吃，無論是大餐廳的華筵餕餘，或是夜市路邊攤的小吃，他都能品其精華食其精髓。本書所撰除了大陸各省佳肴，更有臺灣本土的美味，讓人看了垂涎欲滴。

大地叢書介紹

作者：劉　嘯
定價：300 元

北京是一座有著三千多年建城史和八百多年建都史的歷史文化名城，它與西安、洛陽、南京並稱為「中國四大古都」，它擁有七項世界級遺產，是世界上擁有文化遺產最多的城市，因此北京是您選擇文化旅遊最合適不過的城市了。

- 北京在歷史上到底有多少個稱謂？
- 前門樓真的有九丈九高嗎？
- 故宮、天安門的設計又是出自何人之手？
- 老北京四合院為何沒有東南角？
- 老北京人是如何過春節的？

藉著本書您可以更加深入地瞭解北京的歷史文化，體會最具特色的老北京韻味。

大地叢書介紹

作者：慕小剛
定價：300 元

上海的歷史雖然不及北京、南京、西安等城市那麼悠久，但是關於上海的歷史文化一點都不比其他城市少。

本書透過一個個有趣的問題，向讀者介紹不一樣的上海歷史與曾經的輝煌。上海既有江南傳統的古典與雅致，又有國際都會的現代與時尚。它就是中國最獨特的城市——上海。

作者：苗學玲
定價：300 元

廣州是一座歷史悠久的文化名城，在五千年至六千年前，就有先古越民在此繁衍生息了。千百年來，奔騰不息的珠江催生出廣州這座嶺南都市。它襟江帶河，依山傍海，古跡眾多。

各種有趣的典故、傳說在作者筆下娓娓道來，讓您充分瞭解這座魅力的城市——廣州。

南北看／唐魯孫著. -- 八版.-- 臺北市：大地,
2020.01
面： 公分. --（唐魯孫先生作品集；4）

ISBN 978-986-402-329-5（平裝）

863.57 108021972

南北看

唐魯孫先生作品集 04

作　　者	唐魯孫
發 行 人	吳錫清
主　　編	陳玟玟
出 版 者	大地出版社
社　　址	114台北市內湖區瑞光路358巷38弄36號4樓之2
劃撥帳號	50031946（戶名：大地出版社有限公司）
電　　話	02-26277749
傳　　眞	02-26270895
E - mail	support@vastplain.com.tw
網　　址	www.vastplain.com.tw
美術設計	博客斯彩藝有限公司
印 刷 者	博客斯彩藝有限公司
八版一刷	2020年1月

大地

定　　價：280元